三毛猫ホームズの家出

三色猫探案

离家出走

[日] 赤川次郎 著

姜 瑛 左汉卿 译

人民文学出版社
PEOPLE'S LITERATURE PUBLISHING HOUSE

著作权合同登记号 图字01-2018-5402

图书在版编目(CIP)数据

离家出走/(日)赤川次郎著；姜瑛，左汉卿译.
—北京：人民文学出版社，2019
(三色猫探案)
ISBN 978-7-02-014817-2

I. ①离… II. ①赤… ②姜… ③左… III. ①短篇小说—小说集—日本—现代 IV. ①I313. 45

中国版本图书馆CIP数据核字(2019)第010231号

责任编辑 朱卫净 陶媛媛
设计监督 山 川 *from* 山川制本 workshop
插画绘制 贤 二

出版发行 人民文学出版社
社 址 北京市朝内大街166号
邮政编码 100705
网 址 http://www.rw-cn.com

印 制 上海盛通时代印刷有限公司
经 销 全国新华书店等

字 数 73千字
开 本 787毫米×1092毫米 1/32
印 张 7.25
版 次 2019年6月北京第1版
印 次 2019年6月第1次印刷

书 号 978-7-02-014817-2
定 价 39.00元

如有印装质量问题，请与本社图书销售中心调换。电话：010-65233595

作者与爱猫

目　录

总　序　1

三色猫探案：离家出走　1

三色猫探案：通信簿　55

三色猫探案：职业杀手　103

三色猫探案：催眠术　153

总序

三色猫探案：一个温情的故事世界

赤川次郎

从“三色猫探案”首次与读者见面，到今天已经有三十六个年头了。三十六年，差不多是普通猫咪寿命的两倍。

“把小猫设定为侦探”这一想法的诞生纯属偶然。拿到“ALL读物推理小说新人奖”的第二年，出版社向我约稿写一部长篇推理小说。我绞尽脑汁苦苦思索如何塑造新奇有趣的主人公，因为在“搞笑风推理”的大框架中，侦探的形象写来写去好像只有那么几种。

而就在这时，家里养了十五年的三色猫走到了生命的尽头。这只小猫早已成为家里不可或缺的一员，而且，这十几年是我家生活最为艰辛的一段时期，正是这只三色猫为我们带来了无限欢乐。

当我正式出道，家里生活终于有所改善之时，三色猫就像完成了自己的任务一样永远地离开了我们。为了报答小猫多年以来的陪伴，我决定让它在我的作品中复活。于是，在《推理》中，与我家小猫形态、毛色如出一辙的“猫侦探”从此登场。

不过，那时我并未打算写成系列。没想到此书一经出版好评如潮，结果我又写出了第二部、第三部……年复一年，不知不觉间这个系列已迎来了第五十部作品。原本我希望通过创作小说向我家三色猫报恩，结果它又以几十倍的恩情回馈了我。

三色猫福尔摩斯、片山兄妹、石津刑警，这些角色不仅仅是我的创造物，多年来，广大读者已把他们当作家人一般亲近与喜爱。因此，我会一直把这个系列写下去。

中国出版界很早之前就引进了这套作品的若干部，不知道猫这种生物在日本人和中国人心目中的形象是不是有很多共通之处呢?

无论如何，这个系列被翻译成中文，并被广泛阅读，这对于作者来说，实在是无上的荣幸。

曾经有一名小学生读者看了“三色猫探案”系列后对我说：“原来坏人也是有故事的啊。”在我的书里，猫侦探也好，片山刑警也好，他们都不是对罪犯一味穷追猛打的那种主人公。有些人因为生活所迫，不得已而犯下罪行，对于他们，我书中的侦探们在彻查真相的同时，也总是怀有同情之心。

也许现实世界比小说残酷许多，但我衷心期待大家在阅读“三色猫探案”系列时能够暂时忘却现实，在这个充满温暖和人情味的世界中得到治愈和救赎。

猫侦探也是这样希望……的吧。

(2014年4月)

三色猫探案：离家出走

1

“我回来了！”

片山义太郎说。

他回的是自己家，但家中并没有可爱的妻儿在等候，而只有彪悍的妹妹和一只三色猫。

即便如此，对于在犯罪现场疲于奔命的搜查一课的警察来说，自己的家无疑是一片乐土……

“喂，晴美——我回来了。”

根本不需要指名道姓地喊，家里统共就那么点儿人。但是——玄关处整齐地摆着晴美的鞋子，屋里也点着灯，晴美和福尔摩斯却没有任何回应。

她的鞋不是在这儿嘛……片山注意到旁边还有另一双男士的鞋。这双鞋并不是名牌货，鞋的主人应该比普通人重，鞋底磨损严重。整双鞋子似乎都在高喊：“让我退休吧！”

“石津来了吧？”

片山有点儿不悦地嘟囔。他并不讨厌石津，除了单纯的傻，石津没有其他特点了。

哎，片山不相信自己能公正地看待爱恋自己妹妹的男性啊。

但为什么没反应呢?

走进屋子，片山被一种不安所笼罩。餐桌上，碗碟还未收拾，只要是和石津一起吃饭，想都不用想，肯定所有盘子都会被扫荡一空。

奇怪，餐具没收拾就这么搁着，这不是晴美的作风。

已经快十二点了，当然是午夜十二点。片山在外面吃了点儿东西，但……

里面房间的拉门关上了——片山的脸色逐渐苍白。

石津这个家伙!

晚饭后把晴美强行拖到房间里……晴美无法反抗成了石津的“美餐”……

这种局面绝对不可能出现，但片山在拉开门之前的一瞬间有了一丝犹豫。

唰地把门拉开。

“晴美！”

晴美和石津从被子里慌慌张张地起来——这一画面并未出

现。

呼——噜——

被子是铺了，但睡在里面的只有石津一人。

“这家伙……不让人省心。”

片山嘟嘟囔囔地抱怨着：“晴美那家伙去哪儿了？”

“你回来了！”

背后有人出声，片山“哇”地吓得跳了起来。

“别随便吓人啊。”

晴美看看石津：“睡得真香。”

“他哪有睡不着的时候？”

“好啦——小声点儿。”

晴美关上拉门：“受打击了，正伤心呢。”

“谁？”

“石津啊。”

片山不敢相信。谁受了打击还能吃这么多？谁伤心了还能睡这么沉？

“我去外面看了看，但它还没回来。”

“谁？”

“当然是福尔摩斯啦！”

“看不出它这么讨厌这里。你们去哪里了？”

“你先坐下。上衣不用脱吗？”

片山把上衣挂在衣架上，摘了领带。

“我今天和石津吃了饭。”

晴美边给哥哥倒茶边说。

“你居然瞒着我——”

“我不用做什么事情都事先报告吧？又不是小孩子了。”

“这个……说得也对。”

片山勉强承认，喝着热茶，眼睛瞪得老圆。

“福尔摩斯也一起去了。我们吃了烤肉，然后坐了公交……”

“喂，你们吃了烤肉，回家了还吃？”

“行了，为了安慰石津，只能让他吃东西嘛。”

“嗯……确实。”

“上了公交，然后……”

“那个……”石津小心翼翼地说，“福尔摩斯啊，拜托你……”

福尔摩斯不耐烦地睁开了眼睛。它在晴美的膝头蜷成个猫饼睡着了。

“那个……还有空位呢，您能不能……从晴美膝盖上下来去旁边的位子上？”

周围的人都不可思议地看着如此大块头的男人和一只猫说话。

福尔摩斯装作没听见，把脸冲向别的地方，闭上了眼睛。

“福尔摩斯——不要欺负人哦，好啦，现在又不冷。”

等晴美说完，福尔摩斯才一副嫌麻烦的模样伸了伸懒腰，不情不愿地挪向晴美对面的空座。

“谢谢您。”

别看石津高高壮壮，其实特别怕猫。他终于长舒一口气：“哎呀，偶尔就我们俩单独出来吃饭，也很不错呢。”

“是吗？但我们一起吃饭，我可不付钱哟。”

“啊，能和你一起吃饭，不论多贵的店，我都绝不会让你掏钱的。”

“那好啊，下次我们就去吃人均五万日元的怀石料理吧。”

石津怔了怔，说：

“那我来一碗茶泡饭就行。”

刚才已经描述过了，公交车上很空，但后面的位置上坐着一名中学生模样的女生。

如果才放学，那也太晚了。

但是，藏蓝色的校服，膝盖上放着学生书包，个子不高，微瘦，脸色看上去有些苍白——

“下一站是‘××町南’站。”

广播响起。少女按了座位边的按钮站起身来。“下一站停车”的红色灯亮了。

巴士拐了个弯，正要从座位上走过来的少女一个踉跄。

“危险！你没事吧？”

少女抓住了晴美的椅背，总算没摔倒。

“没事，不好意思。”

少女垂了垂眼，目光停在了占据一个座位的福尔摩斯身上，然后说：“欸？这不是酷米吗？你在这里干什么啊？”

晴美一时间没反应过来，仰头看着少女。

“酷米？”

“是的，是我们家的猫。怎么会在公交车上呢？喂，酷米，过来，我们要下车了。”

福尔摩斯抬头看看少女。

晴美对少女说：

“我说，这是我家的猫，和你家的猫很像吗？这还真少见。”

“欸？但这就是酷米啊，我们家的猫就长这样，没看过和它一个样子的。”

“但……这确实是我们带着上车的啊。”

巴士停了，“咻”的一声，车门开了。

“要下车了。酷米，过来！”少女走向车门，“酷米！”

“下车吗？”

司机扭头说。

“啊，对不起，这就下。酷米，走啦！”

少女赶紧走到车门处。晴美正不明所以……可能纯属误会吧。

然而——少女一下车，福尔摩斯立即起身，然后……

“啊？”片山眼睛瞪得老圆，“你是说，福尔摩斯跟着那个女孩走了？”

“是啊，它唰地跳下位子……我们还没反应过来究竟怎么回事，它就跑下车了。然后车子就开走了……”

“福尔摩斯那家伙，脑袋里在想什么啊？”

“谁知道？我也大吃一惊。”

“但是……这和石津睡在那里有什么关系吗？”

片山无论如何都理解不了其中有何关联。

“石津很介意，认为自己妨碍了福尔摩斯，所以它才怄气地‘离家出走’。”

片山惊住了：“然后他又饱餐了一顿睡着了？在想什么啊！福尔摩斯怎么会因为这种事情离家出走？”

“我也是这么说的，但石津他一根筋——并且，他也很为难。”

“福尔摩斯就不用担心了，但是呢……它肯定是知道了什么，才下车的吧？”

“那个女孩吗？但看上去没什么特别的。”晴美侧着脑袋，“似乎有点儿……”

“你还记得是哪一站吗？”

“当然。”

“那附近养了一只叫酷米的猫的人家——要找的话，也是能找出来的。”

“是啊！这就要靠你了。”

片山睁着眼睛：“我？我去找？”

“猫是你的，去找离家出走的孩子，这可是为人父母的责任啊。”

晴美平静地说。

“晴美！”

突然，石津大叫一声，片山被吓了一跳。

“怎么啦！”

“说梦话呢，你看。”

晴美瞧了瞧里面的房间，石津依旧“呼——噜——”地发出巨大的响声。

“哎呀哎呀……”

今晚还能睡着吗？片山被新的不安所笼罩……

“好吃吗？”

道子问。

三色猫把脸从吃空了的盘子上抬起头，像点头一般，闭上了眼睛。

噗噗，道子笑了。

“你真有意思——乍一看，和酷米长得一模一样，但你更机灵。”

在道子的注视下，三色猫走到房间的角落，背对着道子坐下，不停地舔着前肢，擦着脸，开始它的“猫式洗脸”。道子蹲着抱膝，然后坐在地毯上。

道子是独生女，从小就一个人睡在这里，有时也会害怕得哭。这时，父亲总会过来安慰她，直到她睡着。

“嘭”的一声，楼下客厅里座钟的声音传到了房间里——一点钟了。

夜深了，但道子早就习惯了熬夜。此外，这个时候怎么能睡着呢？欢乐才刚开始。

“你叫什么名字？——三色？这个名字和你不大配。”道子说，“酷米……是一只特别会嫉妒的猫，但不讨人厌，很可爱呢。酷米和爸爸很好，肯定……所以……”

少女的自言自语像音响功放的音量被旋小了般地消失了。

道子看着白色的精巧柜子上立着的相框，里面有一张色彩鲜明的照片。照片上，道子和紧紧环抱着她的、脸稍长的中年男人绽放出笑容。

道子微微缩着身子做着怪相，满脸的笑。少女的笑容仿佛在说，我相信，这样的日子会一直持续下去。

“那是我爸爸。”道子不自觉地对三色猫说，“他人很好，我最喜欢他了。这么好的人，我这辈子肯定再也见不着了。”

道子叹着气抬眼看照片——“嘎嗒”一声响。

道子的脸色紧张了起来。

“是妈妈。”她站起身，“喂，我们一起去迎接她。”

轻轻地打开门——楼下传来了压低嗓子说话的声音。

“把她吵醒了吗……”母亲的声音，“我说，今晚还是……”

“那我们总不能永远都这个样子啊……”

一个男人的声音说。

“嘘！道子她，还没睡……房间里还点着灯呢。”

“有什么关系？打个招呼而已，我又不在这里过夜——”

道子故意踩出脚步声走下楼梯。楼下两人的说话声戛然而止。

“回来了呀，今天很晚呢。”

道子说。

母亲的肩上还挂着大大的包——从事橱窗展品布置工作的常田芳江通常一身运动打扮，背上背着一只大大的包。

“还没睡吗，道子？”她明知故问地说，“嗯——你认识的，N商场的长沼先生。”

“晚上好。”

道子乖巧地冲对方一笑，芳江似乎放下心来。

“呀。”

西装领带、一丝不乱、滴水不漏。但是，道子敏感地闻到了肥皂的气味——她心里明白，两人肯定在哪家宾馆待了几小时才回来的，这也不是第一次了。

“磋商工作，花了些时间。”芳江把包放下问，“好好吃晚饭了吗？”

“在车站前的店里吃了。”

“啊，我和长沼先生稍微喝口茶，你睡吧。”

“我不想睡，太高兴了。”

道子在母亲面前摇晃着身体。

“哦，有什么好事？”

芳江笑着问。

“嗯——你等我一下，敬请期待哦。”

“到底是什么呀？”

道子走下楼梯，拍了拍巴掌：

“喂——下来吧！”

会下来吗？那并不是酷米，只是一只不知道名字的三色猫……

但是——下来了！

说实话，道子大吃了一惊。那只猫真的能听懂我的话？

“道子——”

“它回来了！三个月后哦！”

三色猫咚咚地走下楼梯。

道子用余光捕捉着母亲的表情。

母亲像被冻住了一样，呆立不动，脸色苍白，双目圆睁，不由自主地张大了嘴巴。

“酷米……”

芳江喃喃道。

然后便发不出声音了。

道子接着看见了母亲的嘴形：

怎么可能……

2

“喂，疼死了。”石津挥着左手皱着眉，“这是第三处爪痕。”

“我也没办法啊。”片山说，“找不到福尔摩斯，我们就没法回公寓啊。”

“我知道……我没抱怨。”

“哎……去那家杂货店问问？”

“好！”

石津鼓起干劲，走进了杂货店。

片山杵在路上打着呵欠。昨晚上因为石津的缘故，他根本没睡好。

石津却睡饱了，精神十足。但当他发现福尔摩斯最终彻夜未归时，又消沉了。

片山让石津带路，来到了昨天福尔摩斯和少女一起下车的车站。两人在附近来回询问：

“请问见过这只三色猫吗？”

他们认为，名叫酷米、和福尔摩斯长得很像的猫绝不常见，没准儿很快就能找到……

已经转了近一个小时，却没有任何线索。

“莫非那家伙真的离家出走了……”

片山自言自语。

猫离家出走，难道是有什么烦恼？

片山认真地思考着这个问题——

“猫用的……”

突然听见了这样的声音，片山一回神。

声音来自石津进入的杂货店对面的五金商店。站在店门口的少女说：“太好了！我一直在找猫砂呢——没想到您这里有。”

“我们家也有猫，所以进货了。”胖胖的店主阿姨说，“一袋够吗？”

“够——还要铲子。”

“铲子？出了折叠轻便款的。”

“我要，然后……有刀吗？”

“什么样的？是要带有罐头刀等多用途的吗？”

“不用，单纯的刀子就行——要锋利的。”

“那我从里面给你拿。干什么用？”

“随便用用。”少女笑着说，“杀个人而已。”

“哎哟，那你可得把刀刃磨得锋利一些。”

店主阿姨笑着走到店里面去了。

片山不由得注意到了女孩。

女孩完全没注意到片山。片山比一般人要高，但可能很不显眼，经常会被周围人忽视。

但是，就在这个时刻，多亏了自己存在感稀薄，他才能看清少女的表情。

“杀个人而已。”

当然这是句玩笑话。

但是——店主阿姨消失在店里的同一时刻，少女脸上的笑容也消失了。取而代之的是一种想不开的、拼命压抑感情的表情。

看到少女的脸，片山心里一惊。莫非“杀个人而已”是真心话？

刀，铲。

杀，埋。一切都合得上。

别傻了！怎么可能！刀子可能是用来砍树，铲子可能是用来把垃圾埋到院子里，或者要搭个花坛。

但是，猫砂呢？

刀。铲。猫。

偶然——可能是偶然。

片山自己说服自己。

“白问了，”石津出来了，“店主好像什么都不知道——”

片山一把抓住石津的手腕迅速走了出来，石津愣住了。

“片山，你要逮捕我吗？”

“闭嘴——喂，绕过前面的墙角。”

“啊……”

“停下，你看，刚才那家杂货店对面，有个女孩子站在那里。你看看。”

“还在呢。”

“怎样？是昨天公交车上的女孩子吗？”

“站这里看不清——”

“你傻啊！小心被看见。”

“啊，是哦——看上去好像是……又好像不是。”

“你真靠不住。”

片山摇了摇头。

“非也，我这叫实话实说。我这人从不说些模棱两可的话。”

“瞧你把自己给吹的。”

片山一看，少女付了钱，吃力地抱着一个大包走出来。

“接下来怎么做？”

被石津这么一问，片山沉思了片刻。但是……既然留意到了这个女孩子，肯定不能放任不管。

“跟着她。”片山说，“小心点儿。”

“好。”石津走了两步问道，“但如果不是昨天那个女孩子呢？”

“那时再说。”

片山说。

这是晴美的台词——片山想，我和妹妹越来越像了吗……

少女的家很气派。

“‘常田’。”

门牌上这么写着。

“福尔摩斯就在这里面吗……”

途中，石津看清了女孩的脸，确定是昨晚在公交车上的女孩。毕竟是警察，比较善长记住人脸。

但从昨天到今天这点儿工夫，认出女孩不是应该的嘛。

“接下来呢？”

“看看情况。”

“但……福尔摩斯小姐究竟在不在这里，问一下不就好了吗？”

片山非常在意少女买的刀和铲子。

正在此时，玄关处的门锁发出了声音。

要出来了！片山一把拽过石津，赶紧躲到停在路旁的车子的阴影处。

“片山，你看……”

“嘘！”

从玄关出来的是刚才的少女，然后——还有福尔摩斯。

少女抱着铲子。她关好门，对福尔摩斯说：“喂，我们试试看吧。”

然后快步走了。福尔摩斯跟在身后——片山他们也跟上了。

“这是去哪里？”

石津问。

“谁知道。挖土……这大白天的折腾什么？”

片山有些惊讶。从住宅区走上十五分钟，附近居然仍有很多杂树竹林。

少女时不时放缓脚步，从口袋里掏出地图之类的展开来看。

大概看了三回，少女推开两旁的竹子钻了进去。福尔摩斯停留了片刻，待片山他们赶上了，才转过身“喵”地叫了。

“欸？它知道我们跟着呢。”

福尔摩斯一脸理所当然的表情，仿佛催促一般“喵——”地叫着，然后消失在树丛里。

片山有些不安，找到了福尔摩斯，当然开心，但它特地到这里来，肯定是有理由的。

这个“理由”，肯定不是什么好事……

“哎哟！”

石津撞上了树，高呼了一声。

“闭嘴！福尔摩斯去哪儿了？”

喵——叫声响起，福尔摩斯似乎在为片山他们领路。

“啊，你来了。”少女说，“可能是这里。你看，枯树倒在地上，这是地图上的×标记。”

树丛里有片直径数米的空地，中间倒着两三棵枯树干。

“在这下面吧……不知道能不能移动，先挖一下试试。”

少女“咔嚓”一声打开折叠式的铲子。

“喵——”

福尔摩斯高声叫着。

"欸？你不可能帮上什么忙吧？虽然你是一只很聪明的猫。"

"喵——"

听到叫声的片山心里明白，福尔摩斯发出这样的叫声是在"警告"对方住手。

少女两手握紧铲子，往枯树干下铲去。

"嗨呦……"

"住手！"

片山喊道。

"喵！"

福尔摩斯叫了。

"谁？"

少女转过身来。

"别动！"

空气中响起了"嗡——"的细碎声音。

少女站着不动——黑色的物体在少女身边飞舞。四只、五只……

"别动。"片山说，"是马蜂……你要是动了，它们就会袭击你。"

"片山……"

石津来了。

"停下——别动。"

片山的额头冒出了汗珠。

飞在少女身边的马蜂十只、二十只地增加了……

"辛苦了。"

本田邦代过来打招呼。

"啊，你好啊。"常田芳江停下正在干活儿的手，一边擦汗一边说，"这次的橱窗，你觉得怎样？"

"非常时尚，真的。"

"谢谢，你这么说，我就有信心了。"芳江把假人模特头上戴的贝雷帽微微倾斜，"休息一会儿吧。"

她拍拍手。

布置橱窗的工作比看上去更辛苦，是个体力活儿。

工作地点没有冷暖气，夏天又晒又热，但也不能把衣服脱掉，因为来来往往的人都从外面盯着看呢。

"少有艺术家是一边接受众人目光的洗礼一边工作的。"

在商场员工专用的茶室里，芳江一边喝着咖啡一边说。

“是啊，我们则是看着客人工作的。”

本田邦代是N商场的柜台主任，很年轻，才三十四岁，但工作上很专业，麻利的举止让芳江看了都觉得很爽快。

“长沼先生不在吗？”

芳江问。

“……不大清楚。”本田邦代恶作剧地笑了笑，“你不是更清楚吗？”

“别戏弄我啦。”

芳江脸一红。

“但你和长沼处得不错吧？”

“就那样——毕竟我有女儿，丈夫也还在。”

“但行踪不明……”

“已经三个月了，不知道怎么回事……”

芳江在丈夫失踪之前并没有和长沼有过多的交往。虽然被长沼吸引，但自己是有夫之妇，想更进一步之前会非常犹豫。

“啊，说曹操曹操就到。”本田邦子说完就站起来，“不做你们的电灯泡了。”

“啊……”

长沼过来了。

“哎呀哎呀，”他在芳江斜对面的椅子上坐下说，“累死了！你的工作进展如何？”

“傍晚前可以收工。”

“是吗，好期待啊！那我就不中途过去看了。”

“那太好了。”

芳江扫了扫周围——现在不是休息时间，没什么女性店员。

“昨天晚上……道子后来说了什么吗？”

长沼压低了声音。

“没有，她知道我们的事情。”

“已经——”

“是的，知道了。”芳江点点头，“我们是大人，但对道子来说，父亲才不见了三个月，母亲就有了情人，肯定不会有好脸色。”

“你别和我分手啊。”

“我也不想啊。”芳江身体微微前倾，“但是——我们必须更加谨慎……别让道子发现。”

“但——”

长沼刚要说下去。

“常田。”

本田邦子快步走过来。

“怎么了？”

“有客人。”

“找我？”

“说是你关于女儿的事情——是警察。”

芳江和长沼对视了一眼。

片山微微打了招呼。

“是关于你女儿的。”

他说。

“我女儿出什么事情了吗……请问——怎么回事？”

芳江一脸苍白。

“她被马蜂袭击了。”

“马蜂？”

“是的，您知道吗？在您家附近的树丛里有马蜂筑窝。现在没事了，她没被蛰。”

片山赶紧补充说。

“是吗……”芳江这才放下心来，问，“但是，怎么会——”

“说来话长……”

这里是商场，所以片山对站在这里说话有些顾虑："总之，因为当时情况紧急，道子犯了贫血晕倒了，已经送到附近医院了。"

"啊……麻烦你们了。"

"我们带你去医院吧。"

"我去！我马上收拾一下。"

芳江跑进里间。

片山坐立不安——因为这里是女性内衣卖场。

3

“怎么样了？”

晴美轻轻地上前查看，常田道子睁开眼，没有立即认出晴美。

“啊，”她睁大了眼睛，“对不起，我把那猫……”

“没关系。是福尔摩斯自己跟着你的。”晴美在病床旁边的椅子上坐下，“我接到了哥哥的电话——福尔摩斯呢？”

“喵——”

“啊，吓死我了！”

晴美看着脚下，福尔摩斯从病床下爬出来，伸着懒腰。

“是在打瞌睡吗？”

福尔摩斯“喵呜”地吐着舌头。

“它叫福尔摩斯吗？”

道子问。

“是的，这猫有些怪哦。”

"它很有趣。"

道子微笑道。

"听说你被马蜂攻击了？"

"是的，如果我没被片山先生喝止的话……那只马蜂，它就要蜇我了。"

"是吗？被蜇得厉害时，人会休克而死呢。"

"如果静止不动……马蜂也会随之安静下来——结果刚脱离马蜂的危险，我就晕倒了。"

"很险啊。"晴美点点头，"但你干吗要去树林子里呢？"

道子微微踟蹰："片山先生，他是警察吧？"

"是的，算是吧。"

"我……我想去挖尸体。"

道子说。

晴美哑然："尸体……谁的？"

"我爸爸的。"

"你父亲？我确实听哥哥说过，你父亲失踪了。"

"三个月前，他突然失踪了。"

"那么，你怎么会认为树林里有尸体呢？"

晴美问完，道子就一直盯着天花板，说：

"爸爸被杀了。"

顿了顿，道子接着说："是被妈妈和她的情人长沼杀的。"

"你的情绪不大稳定。"

"真的——片山先生会帮我调查吗？"

道子静静地转过头来，看着晴美。

"这个嘛……如果有这个嫌疑，调查就是我哥哥的工作。但是，你怎么会这么想呢？能告诉我吗？"

晴美刚说完，病房门口有人说：

"我也想知道。"

"啊，哥哥，你没事吧？"

片山咳了咳嗽。

"有什么事？……我一直都没事啊。"

"哎哟，你把道子背过来，自己不也犯了贫血嘛。"

"那个——只是有些泄劲罢了。"

道子微微笑了：

"片山先生，您很敏感呢。"

"说得好。"晴美继续说，"继续吧。"

"好的——三个月前，爸爸失踪的那天，我刚好参加社团的庆功宴，之后就在朋友家过夜。我事先和妈妈说过这件事情。但是，朋友的亲戚家里发生了变故，我没法住下了。我给家里打了电话，却没人接。这也不是什么稀罕事，爸爸总是很晚回家，妈妈也有工作，有时比爸爸还晚。”

“你妈妈负责布置商场橱窗吧？”

片山说。

“呀，这你都知道。”

“你出事了，我就去通知你妈妈了。她应该马上就到。”

“是吗……总之，那天晚上，我在快十二点时决定赶末班电车回家。夜里冷极了，当然下了电车也没有回家的公交车了，我就急急忙忙走回家……”

道子把领子竖起来，加快脚步。

但是，如果要再快一点的话，就只能“跑”了。道子很后悔把围巾落在了学校。

还有十分钟，她给自己鼓劲——明明坐在公交车上感觉是一眨眼就到的距离，但走起来怎么这么远！

这个点儿了，路上静得吓人。要是在车站时打电话叫爸妈来接就好了。真不应该一拍脑袋就决定步行。

但是，如果现在折回车站反倒更远。道子横下心往前赶路。

走到了家附近的树林里。这里不时地有色狼出没，所以道子经常被告诫天黑了就不要出来走。但是——不会这么巧吧？

道子小跑着拨开树木。

有车——车子停进了树林，但道子觉得车子很眼熟。

她觉得，好像看过这辆车在深夜时分送妈妈回家。可能只是像吧？

道子在车前停下了脚步，因为她听见了说话声。

此时，树林里有人出来了，太黑了看不清，但有两个人。感觉是一男一女。

“但——”女人说，“就这样吗？”

“没办法。”男人回答，“上车吧。”

这声音……男人的声音道子没听过，但女人的声音像妈妈的说话声。他们在这种地方干什么呢？

“就这样”指的又是什么呢？

两人进了车，关上车门，打开车灯，道子看见了妈妈的脸。男人回到驾驶座——道子见过他，是妈妈工作的N商场的上司。

道子只是怔怔地看着两人……突然，她看见两人的脸相互靠近，接吻了。

她呆呆地目送着车子远去，车子驶向家的方向。接下来，男人要把妈妈送回家吧？

但是——但是，怎么会这样！

道子感觉不到寒冷，只感受到脚下的地面“咔哧咔哧”地崩裂……

花了多长时间才到了家呢？等自己回过神来，已经在家门口了。

家里亮着灯，显然妈妈回家了。然而——该摆出什么表情和妈妈说话呢？

不可能永远杵在家门口。道子稍稍缓了缓口气——突然，她注意到路边有什么东西。

路灯的光线透过风中摇曳的树枝洒下……猫？

道子走过去，惊得停住了呼吸。

“酷米！——酷米。”

已经死了，一眼就看出来了。

它被车子碾死了。道子有好几次看过被碾的猫。

“酷米……”

她蹲着想伸出手去，却放弃了——怎么会这么惨……

要是爸爸知道了该怎么想？

酷米最黏爸爸，爸爸也最宠爱酷米。爸爸肯定会伤心吧？他已经知道了吗……

“我回来了。”

道子走进了玄关。

妈妈出来了。

“道子……你不是今天住朋友家吗？”

脸色苍白，神色与以往不同，右手紧紧攥着一张信纸一样的东西。

“有事，住不成了——你知道吗，门外——”

“爸爸……”

“欸？”

“爸爸他走了。”

道子哑然。

“走了……去哪儿了？”

“不知道，但——他走了。”

道子明白了——爸爸肯定知道了妈妈的秘密——不，是知道了妈妈与N商场的那个男人的事情。

所以才离家出走的……爸爸心很善，他不会打骂妈妈。

妈妈在外面有了人，爸爸只会想是自己哪里没做好。

“他刚离开。”妈妈说，“桌子上的茶还是温的呢。”

然后妈妈摇摇头：

“又不是小孩子了……说让我把他带回来，但我根本不知道他在哪儿啊。”

刚走？不可能！道子想。

如果妈妈撒谎了，那么……

“你为什么认为妈妈说谎了呢？”

晴美问。

“因为酷米死了。”道子从床上坐起来，“我看见它时，它已经死了——如果爸爸在这之前离开家的话，不可能不注意到酷米。他绝对不会看见了还无动于衷的。”

“是吗？”片山点了点头，“然后你爸爸就失踪了，对吗？”

“是的，所以我……只能这么想了。妈妈和那个叫长沼的人一起……”

“那你去树林里挖？”

“我记得妈妈他们是从那里出来的，但天色很暗，我没法确认。”

道子的语气有些羞怯。

“那——你为什么在公交车上和福尔摩斯打招呼？”

晴美问。

“它和酷米太像了……我想，如果和它打招呼，没准儿它会过来呢——但是，我没想到它真的跟过来了。”

“喵——”

福尔摩斯在床下面叫了一声。

“半夜里，我再出去看酷米的尸体，它却不见了。肯定是妈妈把它扔了。所以，我让妈妈看看福尔摩斯。妈妈吓到了，还说‘怎么可能’。很奇怪，对不对？知道酷米死了才会那么说的。但当时妈妈当时什么都没说，事后还说什么‘肯定是爸爸把酷米带走的’……”

正说着话，病房的门开了，话题的主人公常田芳江进来了。

“道子！你没事吧？”

她赶紧冲向道子。

“没事了。”道子没有看妈妈，“你希望我快快好起来？”

“当然啊。”

“那你把爸爸带来。”

说完，道子在病床上蜷起身体，把自己从头到脚地裹在毯子里。

“那么，这是您家的猫？”

在医院大门附近的大厅里，常田芳江说：“真的和酷米很像，吓了我一跳。”

“酷米它——”

“死了。”芳江说，“我先生失踪的那个夜里，我回家正准备进门，突然看见了它的尸体……被车碾了，真可怜。”

晴美抱着福尔摩斯，和片山对视了一眼。

片山问：“你告诉道子了吗？”

“酷米死得很惨，所以我没说。再说了，我先生离家出走了，我哪里还顾得上一只猫呢？只是——已经很晚了，等我再想起这件事、准备去处理一下时，走出门，酷米的尸体却不见了。”

“不见了？你不是说已经很晚了吗？”

“真是不可思议。”芳江说，“都那个点儿了，还有谁……但是，它真的不见了。”

“很奇怪。”

“是的……我想，肯定是巡警看到之后给处理了……但是，我亲眼见到了酷米的尸体，所以，当我在家里看见福尔摩斯时，吓得呼吸都停住了。”

芳江微微一笑，那笑容中带着一丝勉强。

“你丈夫失踪，你报警了吗？”

片山问。

“没有——他也不是小孩子了，他是有自己的理由才离家出走的，我再勉强也带不回他。”芳江摇摇头，有些寂寞地说，“道子也已经告诉您了吧，我也有人了，是长沼……”

“你说‘也’？”晴美插话道，“你先生也有其他女人吗？”

“不是的，我先生他——”芳江立即想否定，但犹豫了，“这个——我并不是很清楚，我觉得应该没有。”

芳江轻轻咳了一下。

“嗯——麻烦你们这么多事情，女儿的事情，我想先跟她谈谈再决定……谢谢你们了。”

很明显，芳江想打住话题。片山他们也只得离开了医院……

4

“哎呀，太好了！恭喜你啊，福尔摩斯！”石津情绪高涨，“福尔摩斯，我以后绝对不会，不会妨碍你了。”

“喵——”

福尔摩斯回答。

“那么，要不要和福尔摩斯来个拥抱啊？”

片山提议。

石津赶紧说：

“不用不用——福尔摩斯肯定不想抱我这样的人……”

“哥哥，你够了！你再怎么欺负石津也没用啊。”晴美苦笑，“再来一碗？”

“好的！”

“又没问你。”

两个男人话不投机。

当然啦，现在正在片山的公寓里举办着福尔摩斯的“回家纪念晚宴”。

“明明福尔摩斯才是主角，为什么你吃得最多？”

片山问。

“因为体格不一样嘛。”

晴美正说着话——电话铃响了。

“电话也响铃表示赞同。”

“胡话。”

晴美接电话，说了几句——

“哥哥。”

“找我的？”

他回过头。

“不是……我不知道找谁。”

“不知道？”

“嗯——对方让你去N商场的女士服装卖场。”

“我不买女人的衣服。”

“当然啦。现在都晚上九点了，早就关门了。”

“是吧……什么事情？”

“不知道，听不清声音。对方肯定是故意的。”

片山摇摇头。

“别管了，骚扰电话。”他说，“再不赶紧吃饭，你那份就没了。”

“但是……N商场是常田芳江的工作地点吧？”

“那又怎样？在N商场工作的人那么多。”

“现在打来这样一通电话，肯定有什么关联吧？”

“然后呢……”片山想继续说下去，却叹了口气，“好吧！喂，石津，你也跟我走一趟。”

“啊？好！”

忙着把饭塞满嘴巴的石津差点儿被吓得噎住。

“即便你们这么说，”门卫一副无法通融的表情，“没有许可，是不允许进入的……”

“的确，我不敢保证一定会发生什么事情。但是，万一呢——”

晴美说。

“喵——”

福尔摩斯“唰”一下从晴美的臂弯中跳下地，绕过门卫脚边，迅速溜进去了。

“啊？喂！站住——”

门卫赶紧去追福尔摩斯。

“走。”

片山催促。

“女士服装，大概在三层以上。”

“我们爬楼梯吧。”

片山一行人开始走楼梯。

主要的照明灯都熄灭了，几盏夜间指示灯显得分外明亮。

“这里是女士服饰。”晴美说，“是这一层吗？”

“福尔摩斯那家伙，去哪里了？福尔摩斯！在不在？”

片山的声音在空荡荡的楼层里回响。

然而，“喵——”

远处传来回应。

“在那边！”

晴美冲了出去。片山与石津也急忙跟上。

福尔摩斯从展台的阴影中出来，冲向片山等人又叫了一声。

“哥哥！”

晴美走到展台的内侧，屏住了呼吸。

有人倒在那里——是常田芳江。

片山急忙跪在地上，抬起常田芳江的手腕。

“脉搏很稳定，只是晕过去了。晴美，去把手帕打湿。”

“我去。”石津走出几步，又停了下来，“哪里有水？”

“还是我去吧。”晴美刚迈步，“啊。”

“怎么了？”

“我踢到了什么东西——这个，领带别针。”晴美掏出手帕，将别针拿起来，“链子断了。”

“女士服饰区怎么会有男人的领带别针呢？”

“这……莫非这是个线索？”

正在此时，常田芳江发出了低吟，喘着粗气。然后她睁开了眼睛。

“啊……警察先生？”

“你醒了。”片山说，“你没事吧？”

“嗯……我这是怎么了？”她坐起身，微微皱眉，“对了……我被人打了……”

“你看见对方了吗？”

“没有……突然之间从后面——我就不知道了。”芳江把手轻轻摁在后脑勺上，“肿了……谁这么过分……”

“你在这里干什么？”

晴美问。

“我本来是在下面布置橱窗。半途中，我不确定衣服的颜色，就上来看一眼。”

片山从晴美手中取过领带别针，给芳江看：

“这是掉落在现场的，你认得吗？”

“领带别针？”

“是的，没准儿是犯人的。”

“让我看清楚点儿。”芳江凑近一看，“这个……”

“你认识？”

“是……但是，当然了，很多人都有相同的领带别针。”

“谁用过？”

被片山一问，芳江有些犹豫：

“这……但是，这不可能。”

“此话怎讲？”

芳江看了看片山，又看了看晴美，说：

“这个——和我先生的一模一样。”

“你丈夫？常田修平？”

“他有这样的别针，但，我不确定这个就是他的。”

片山用手帕包住领带别针，放进口袋。

“能站起来吗？”

“可以——还有点儿头晕。”

一站起来，芳江就摇了摇头。

“你认为是你先生下的手吗？”

片山问。

“他？我不这么认为。”

“为什么呢？如果你丈夫知道你和长沼的事情——”

“即使他知道了……他打我，又能怎样呢？还不如杀了我呢。”

“才不呢！如果下手时出个差错，你就没命了。”

晴美说。

“他并没有那么爱我。”

芳江果断地说。

片山与晴美对视了一番。

这时候石津回来了：

“片山！我回来晚了——”

“已经不用了。”

片山边说边回头——

“哇！”

石津手里的湿毛巾正好蒙上了片山的脸。

“好凉！喂，你给我小心点儿。”

“对、对不起。”石津慌慌张张地，“那——我把手帕弄干？”

“我用自己的手帕擦！”片山说，“但是，常田，你刚才的话是什么意思？”

芳江犹豫了一会儿，终于在放着一排假人模特的台子上坐下：“我——自己也不大清楚。”她说，“结婚之初，并没有什么特别的。道子出生后……不知从什么时候开始，我先生连我的手都不再碰一下。”

她低下了眼睛。

“虽然我也开始工作了，每天很忙碌，但这不正常，对吧？但是……我们很多年没同床了。”

“你先生有别的女人了吗？”

“看上去也不像。但除了这点之外，他人真的很好……他很宠爱道子和酷米。”芳江有些难受地说，“道子当然更喜欢爸爸，我很多时候晚上还有工作，而我先生则尽可能早点儿回家。”

“原来如此——那么，没有其他特别的理由了吗？”

“我没有试着问过他，最终……错过了机会。”

“然后你就和长沼？”

“是的。但是，在丈夫失踪前，我从没和长沼发生过关系。丈夫走了之后，我们才……”

“太太。”晴美说，“道子看见你和长沼从家附近的树林里出来。”

芳江大吃一惊：

“啊……原来是这样！”

“你们两人——”

“那时我们才正式开始在一起——真的！”

“你们在树林子里干什么？”

“我们看见酷米了。”

“猫？”

“是的。”芳江说，“我们在车灯的照射下看到了一眼，它立即进了树林。因为酷米的毛色非常特别，所以我绝对没看错。于是我们停下车，在树林里找了一会儿。”

“然后酷米自己回家了。”

“可能。我从长沼的车里下来准备回家时，酷米已经死了。”

芳江的话听上去不像在骗人。

然而，又是谁在这里对她下手呢？如果这个领带别针真的是常田修平的话，那么究竟是他本人干的还是有人故意栽赃给他？

“哥哥。”

晴美说。

“怎么了？”

“福尔摩斯不见了。”

真的，不知什么时候，福尔摩斯不见了。

“石津，你喊它一声。你的嗓门肯定能传很远。”

“好！”

石津觉得终于能派上用场了，鼓起了干劲，咳了两三下。

“那么——”

他深吸一口气。

片山刚想捂住耳朵——突然，“哇！”

一声惨叫响起。

怎么也不像是石津发出的。

“在那边！”

电光石火间，呆住了的片山立即回过神来，急忙冲过去。

有人从楼梯出口处滚了出来。

“救命啊！有猫！”

此人趴在地上，正在发抖。

“啊。”赶来的芳江说，“本田！”

福尔摩斯来到本田邦代的身边，“喵——”地叫了一声。

“别！”

本田邦代抱住了脑袋。

“看来，撞死酷米的是这个人。”

晴美说。

芳江哑然：

“但是……怎么可能呢？”

“听听她本人的说法吧。”

片山说。

“求求你们……把那个‘鬼魂’弄走！”

本田邦代一脸苍白。

原来——她把福尔摩斯当成酷米了。

“它似乎很恨你。”

片山说。

“这……又不是我的错！是那个人的错！那个人……他背叛了我……”

本田邦代吐出了这些话后哭了起来。

“喵——”

福尔摩斯叫了——声音中带着几分同情。

“我和常田修平是今年才好上的。”

本田邦代说。

在门卫的房间里，邦代总算稍稍冷静下来。

“和我先生？”

“是的……他来找过你，从那次开始我们就认识了。他很善良——和我在一起也很快乐。但……”邦代有些犹豫，“我好像怀孕了，和他商量。他说要和我一起重新开始。”

“啊……”芳江说，“不要我和道子了？”

“是的，但是——”邦代笑了，“那个人，他还是舍不下——那只猫。”

福尔摩斯一直盯着邦代。

“那天晚上，我们两人乘车准备走，他说‘必须带上酷米’。我知道他喜欢猫，但是，眼下是和情人一起逃走的紧要关头啊。我大吃了一惊，但是，他无论如何都坚持……”

“那你们带走酷米了吗？”

“是的，但它中途从车窗跳了出去。大晚上的，我们根本找不着，我说放弃吧，他却说一定要和酷米一起走。”

“真奇怪。”

晴美睁圆了眼睛。

“不是的。”芳江摇摇头，“我懂，他开始养酷米后，就对我很冷淡了。”

“他是那样的人。”邦代也摇了摇头，“他说酷米肯定回家了，要回去。没办法，我们返回了。但是，哪里也找不到酷米。我趁他在家周围寻找酷米时开着车子拐弯——就在那时碾死了酷米。”

“肯定是我们在树林里找的那个时候。”

芳江说。

“我打算对他保密，然后继续出发……”邦代轻轻耸了耸肩，“真想让你看看他灰心丧气的样子——我终于明白了，他和我并不是认真的。”

片山有些不愿往下听了。

“我气急了，告诉他，我把酷米轧死了。他赶我下了车，然后往回开了……”

“那么，酷米的尸体……”

“他去取尸体了——我在下车的地方等了一阵子，终于，车子开回来了。他把酷米用塑料袋包好装在车里，然后向我道歉，说刚才自己太过分了，至少想把酷米给埋了。”邦代似乎有些累，叹了口气，“我们进到树林里挖了个坑埋酷米……我以为他总算恢复了，谁知——”邦代身子一震，“我觉得他有些不对劲，一转身，才发现他整张脸的表情都变了。他——想杀我。”

“什么？”

晴美哑然。

“我反过来抄起一块石头……砸向了他……我，我杀了他。”

邦代哭了。

芳江轻轻地把手搭在邦代肩上。

妻子与情妇——不可思议的画面。

“发现尸体了。”

片山说。

“是吗？在哪里发现的？”

晴美一边准备晚饭一边问道。

“树林里——离之前的马蜂窝有一段很远的距离。”

片山把领带解下，伸个懒腰。

“猫呢？”

“嗯，也在同一个地方——和本田邦代交代的地方一致。”

“真让人感伤。”

“谁？”

“所有人……又是谁在N商场里对芳江行凶？”

“本田邦代，因为她怕芳江被怀疑杀了她丈夫。”

“所以故意留下领带别针。”

“当然不是常田修平本人的，而是从同一个卖场拿过来的。她很同情常田太太。”

“芳江也很同情邦代。”

“嗯，总之还是很奇葩啊，只喜欢猫的男人。”

“可能他还没长大吧？有人来了，帮忙开个门。”

“石津吗？”

“这敲门声比石津的小多了。”

“是的。”片山把门打开，“呀。”

常田道子拎着学生书包。

“嗯……福尔摩斯，在家吗？”

“在呢。喂，福尔摩斯。”

“喵呜——”

福尔摩斯打了个呵欠。

“哈哈，果然在自己家就很悠哉呢。”道子笑了，然后说，

"谢谢您。"

说完低头致意。

"不用客气……最后的结局也就那样。进来吗？"

"打扰了。"道子缓缓地抚摸着福尔摩斯，"好令人怀念啊。但是呢，你不是酷米。"

"喵——"

"我能经常来玩吗？"

"当然。"晴美说，"方便的话，留下来吃晚饭吧。"

"妈妈在家做了饭等我。"道子说，"最近我们的关系变好了。"

说完，腼腆地笑了……

道子走后，片山慢慢地点了点头：

"这样也挺好——啊，吃饭吧。"

这时响起了咚咚的脚步声。

"片山！晴美！"

是石津的声音。

片山摸着胸口长舒一口气，还好道子没留下来吃晚饭啊。

三色猫探案：通信簿

1

如果是在平时——

是的，如果是在平时，肯定正相反。玉木利佳想。

早上去上学的脚步很沉重。途中会遇见很多认识的朋友，大家一起走，也能够顺利到校。

但是，放学时——利佳基本上都是用跑的，沿着来时的路往回跑。

每天都走这条路，但还是很令人不可思议。上学和放学，同是一条路，为什么看起来却截然不同呢？不过，无所谓了。

今天放学后，直到明天，都不用来学校。光想到这一点，利佳的步伐就像不沾地似的轻盈。

如果是平时的话。

今天……今天不一样。

明明是放学回家，但利佳的脚步比早上还要沉重，慢吞吞的，看上去就像是脚在不情愿地自行移动。

出校门时，所有朋友都呼啦一下子跑没了影……那是当然的，今天是这学期的最后一天，明天开始就放暑假了。大家都在为暑期计划而内心雀跃呢。

但是，利佳……一个人在回家的路上慢慢挪动。

明天就开始放假了，这当然是好事。但一想到放假之前的“事情”，利佳就希望永远不要走到家。

好热啊。太阳把地面烤得白晃晃的，利佳有些晕眩。

即便走得很慢，也能感觉到汗落在背上。背着的包很沉。

和平时相比，今天包里没装课本，按理来说应该很轻。但是，还是很沉。

通信簿——是它让利佳的心情变得沉重。

利佳也是拼了命地在努力。作为一名十岁的小学四年级学生，利佳绝不是那种贪玩过头的人。

但是，利佳做任何事情都很“迟钝”。是该说迟钝还是该说傻呢——连老师都不在乎地嘲笑她：

“你的脑子坏了。”

每逢这种情况，利佳总是嘿嘿地笑，老师以为利佳根本不在乎，但实际上……

利佳以避暑的名目（自己给自己还用得着找什么名目吗？）

走进了一座小公园，在树阴下的长椅上坐了下来。

把书包放下，战战兢兢地从里面掏出了通信簿——不论看多少回，分数也不会增加。

利佳也知道……

回家了肯定要把通信簿拿出来。爸爸妈妈都会厌恶地看着自己，然后说：

“怎么考得这么差？”

自己也很努力了，但只能得到这么一点儿分数……

“爸爸再怎么不好好学习，分数也从没低过3分，4分5分也得过几次，你是怎么回事？”

爸爸一喝醉就会揍利佳。

被揍真的很疼，但利佳内心会释然。只要爸爸抡起拳头，妈妈就肯定会来维护自己：

“你住手……利佳下次会努力的。”

利佳回答“嗯”，但这样也得不到高分。

但是——也没办法不把它带回去……

利佳就像身负毕生的艰辛般叹着气。

突然，“怎么了？”

利佳吓了一跳。眼前站着一位穿着白色水手服的女孩子。

这个女孩子像高中生，当然比利佳年龄大，圆圆的脸，笑容很温柔。

利佳没有作声。

“今天是这学期的最后一天吧？”

女孩子说。

嗯，利佳点头。

“你不想把通信簿带回家吧？”

利佳犹豫了一下，然后点了点头。

“让我看看。”

利佳乖乖地递了过去。穿水手服的女孩子看了一会儿……然后还给利佳。

“真的很差，”女孩说，“你妈妈会生气吗？”

“爸爸也会生气。会揍我。”

利佳说。

“欸？”

女孩有些气愤，“真过分，打你也于事无补啊。”

“他会说，我得的分都比你高。”

“嗯——”水手服女孩点点头，思考了片刻，“喂——”

她说。

“嗯。”

“要不要我帮你，让你回家不挨骂？”

利佳不解：

“真的可以吗？”

“你相信我吗？如果相信，那我就帮你。”

利佳吃惊地张着嘴巴……

“喵呜。”

福尔摩斯伸了个懒腰。

“呜——啊。”

主人片山也伸了个懒腰。

片山不是在故意学福尔摩斯，只是情不自禁。

“饿死了。”片山在榻榻米上翻了个身，“喂，福尔摩斯，你买点儿什么吃的吧？”

即使对这只高冷的三色猫嘀咕，它也不会正经回你。再说了，猫怎么会去买东西呢？

当然，福尔摩斯“装作”没听见，背对着片山。

作为警视厅搜查一课的警察，休假期间也有可能突然间被单位叫出去执勤。还不如趁早出门。

但是，片山老老实实地遵从了“休息日就想休息”的自然欲求。

已经是中午了——去买点儿什么吧。

片山不情不愿地起床。福尔摩斯的中饭早就准备好了，是晴美（是片山的妹妹）准备的。

片山一大早也向出门去上班的妹妹问：

“家里有什么吃的吗？”

但只得到了嘲讽：

“哎呀，怎么，今天在家里吃饭吗？”

咕……片山的肚子叫了。

没办法，出去到附近吃点儿或买点儿什么回来吃吧。

“福尔摩斯，你不需要吃的了吧？”

“喵——”

福尔摩斯吃得饱饱的，在垫子上蜷成个球睡大觉。

片山正打开钱包往里瞧，就听见熟悉的脚步声“咚咚”地由远及近而来——不是吧……

“片山！”

目黑警署的搭档石津警察的声音直接穿透门而来。

打开门，片山说：

“晴美今天上班。”

“我知道。晴美打了电话给我。”

“她打给你？”

“她说你肯定饿晕了，让我给你带点儿吃的。我买了三人份的三明治和咖啡。”

“哟呵！”

片山变得极其罕见地欢迎石津……

三人份的三明治，其中两份当然进了石津的肚子里，但一人份的食物，片山也已经心满意足了。

“我说，你今天不休假吧？”

片山喝着咖啡说。

“嗯，我正在取证呢。但午饭总是要吃的嘛。”

“特地过来的？”片山苦笑，“好了，你赶紧回去工作吧。”

“等等，剩一点儿我都会留下遗憾的。”

石津把最后一点三明治塞进嘴里。电话铃响了。

“肯定是晴美那家伙——喂？啊，课长。”

“你的声音变得挺快，不好意思，是我。”

“啊，没有的事……”

“知道你在休假，抱歉，我的人手不够，你去一下吧。”

搜查一课的栗原课长的声音里一点儿抱歉的意思都没有。

片山想，还是早点儿出门好，但现在已经迟了。

“明白了。”他记下事发地址，“是什么事件——”

“入室抢劫。”

栗原说。

“啊？”

犯罪分子趁受害人家中无人时作案，这不是搜查一课的负责范围。但是栗原又说：

“入室抢劫犯在犯罪现场被杀死了。”

2

“也就是说，太太您出去卖东西，回来一看，就变成这个样子了？”

片山问道。

“是的……我都吓瘫了。”

实际上，玉木幸代依旧一脸苍白。

“情况已了解了。”片山点了点头，“事情经过如何？”

“啊……我刚进玄关，走到这里，看见屋子里乱糟糟一片，吓了一跳……但是，我努力让自己平静下来。只记得口中念叨着赶紧打110、赶紧打110，好像说了两三遍。”

玉木幸代约四十岁，神色疲惫、憔悴，头发间已经能看见白发。可能是穿着很朴素，看上去显老。

“然后，你就打了110，对吧？”

“是的，但……”玉木幸代微微按着心口说，“我拨通了电话，正准备说‘喂’，这时……”

她指着门的那根手指颤了颤。

“那扇门开了——有个男人进来了。我吓得听筒都拿不住了，想逃，但脚像软了一般，根本动不了，然后……”

她滔滔不绝地一口气说了这么多后，看向了那扇门前的地板。那里有被血染红的地毯，还用白线描出了死者的形状。

“那个——那个男人噗通一声倒在那里的地上，然后一动不动了……我听见掉下去的听筒中传来‘喂、喂’的声音。花了好长时间，我才把听筒拿起来……”

片山点了点头问：

“你见过那个男的吗？”

“完全不认识。”幸代摇摇头，“怎么回事啊？”

“接下来我们会调查。总之，那个男人的背上被捅了一刀。没有凶器，想必是凶手带走了。我们现在会加紧对比被害男子的指纹。但有警察见过这个人，看来似乎是入室作案的惯犯。”

“啊……”

玉木幸代吓得张大了嘴。

“喵——”的一声响起，福尔摩斯也跟来了。

跟在福尔摩斯后面进来的是个小学生模样的女孩子——

“利佳！你回来了？”

幸代赶忙过去。

“妈妈……怎么回事？”

这位叫利佳的女孩子目不转睛地盯着客厅里一大帮男人来来回回。

“利佳，今天怎么这么早回来？”

“妈妈，今天是这学期最后一天上课啊。”

“啊，记起来了！”幸代摇摇头，“太好了，幸好你没碰上那个入室作案的……”

“入室作案？”

“我们家遭强盗了呢。”

利佳嘴里只吐出了“不会吧”，眼睛睁圆了。

“片山。”

石津来了。

他是跟着一起过来的。

“什么？”

“二楼也被强盗翻过了。”

“喵——”

福尔摩斯在他脚下叫了一声，石津吓得跳起来。

“哇！福尔摩斯，您来了啊……”

片山领着石津和福尔摩斯上了二楼。

“这是玉木夫妇的卧室。”石津在开着的门前停下，“这里面被人翻过了。”

屋子不大，放了两张床。安在墙上的柜子被拉出来了，里面一片狼藉。

“得让那位太太来确认究竟有没有少东西。”

片山说。

“喵——”

福尔摩斯叫了。

“我知道，你是想说，这间房间只有那个柜子是被翻乱了的，对吧？”

“喵喵。”

“什么？”

“如果强盗是冲着珠宝等来的，那么应该翻化妆台或装饰柜。那墙上的柜子里只有些换洗的衬衫、杂物。这种地方首当其冲，有些不寻常。”

“原来如此——那么，没准犯人想要换洗的衬衫呢。”

石津说。

“有可能。”片山耸耸肩，“下去吧。喂，福尔摩斯，不可以跑人家床上去。”

福尔摩斯跳上了一张床。

“喂……怎么了？”片山走过去问，“有什么发现吗？”

福尔摩斯跳下床，片山掀起床单。

“没什么啊……喂，福尔摩斯。”

福尔摩斯又跳上另一张床。

片山微微思索，然后掀起两张床的床单和毯子查看。

“喵——”

福尔摩斯叫了。

“欸？”晴美准备好晚餐，坐到桌前，“福尔摩斯还懂得窥察夫妇关系呢。”

“少罗嗦了，快盛饭来，肚子都饿瘪了。”

“遵命，像上辈子没吃过饭一样。”

今天很罕见，石津不在。因为他在取证的中途跟着片山走了，所以还需要折返回去继续加班。

“两人褥子的凹陷程度完全不同？”

“是的，感觉妻子的床完全没用过。”

“分房睡？夫妇关系不好呢。”

“这种事我就不知道了。”片山边吃边说，“这个炖鱼好吃。”

“但是，你不觉得奇怪吗？入室抢劫的人居然被杀了。”

说到这种事情，晴美就两眼放光。

“嗯……入室抢劫的可能不止一个人，他们在房间里发生争执，一人刺向另一人。”

“在抢劫的房间里？不自然啊。”

“我也有同感。但，现在也没有别的线索——”

“喵——”

福尔摩斯的叫声打断了片山，它走到房间的角落里趴下，早早地就吃掉了晚餐。

“它在说，还有别的线索呢。”

“是吗？总之呢，现在能够确定的就是死者姓草刈，是入室抢劫的惯犯，但在这次的犯罪行动中被杀了。”

“草刈……”晴美默默地念着死者的名字，“我说……”

“怎么了——”

“一楼的客厅被翻乱了，这一点我可以理解。但为什么还要去二楼的卧室呢？”

“你想说什么？”

“就是说，二楼才是罪犯真正的目标所在，为了掩盖这个目的，才把一楼也弄得乱糟糟的。”

哎哟哎哟——这家伙就是喜欢把事情弄得棘手！

“不像话！”

玉木成男发着脾气。

“老公……没办法啊。”幸代像是很疲惫地说，“有人被杀了呢。”

“那你也不看看现在几点了？是你的动作太慢了。”玉木成男一脸怒气地看着钟，“已经十点了。”

“如果能逮着犯人的话——”

“怎么可能找得着？他们根本就没有好好找。虽然有人被杀了，但死者是闯空门入室抢劫的人。”玉木坐在沙发上，“从公司回来，一看居然是这种情况。晚饭也没做吧？”

“但……”

“点个寿司啊，赶紧去啊。”

“啊，好的。”

幸代赶忙找电话本。

“搞什么，利佳你在啊。”

玉木成男摘下领带，注意到在客厅门口站着的利佳。

“爸，您回来了呀。”

“啊——今天学期结束了吧？”

利佳的心一紧。

“嗯。”

“通信簿呢？”

“带回来了。”

利佳说。

“拿过来，我现在先去换个衣服。”

玉木走出客厅。

幸代放下听筒，问：

“利佳，儿童寿司可以吗？”

“嗯。”

她点点头……但就像有一只无形的手在死死地掐住自己的喉咙，她感到喘不上气来。

爸爸记得清清楚楚——家里遭了贼、甚至死了人，但他立即就想起了通信簿。

记性真好啊，利佳想着爸爸那张不高兴的脸，已经作好了今天也要被痛揍一顿的准备。

利佳两手放在身后，把通信簿握得紧紧的。爸爸回房间换了身衣服就下来了。然后……

“我说你啊，早点儿打电话啊。”

“嗯？什么？”

一身家居服的玉木看起来有些心不在焉。

“打电话叫寿司啊。”

“啊——好的。”

玉木成男在沙发上坐下。

利佳豁出去了，走向爸爸，递上通信簿。

“你……”

玉木成男想说什么，但最终闭上了嘴。和以前一样。

他一直盯着通信簿看，终于合上了，还给利佳。

“算了……下次努力。”玉木成男一副无所谓的语气，说完便转向幸代，“喂，家里遭了贼，还死了人，真晦气。别点寿司了。”

“欸？”

“我们出去吃吧。酒店的餐厅会营业到很晚，你赶紧收拾一下吧。让利佳也穿漂亮点儿。”

“但是，我已经——”

“现在取消应该没事！利佳，想吃点儿什么？什么都可以哦。”

“嗯……”

利佳难以置信地拿着通信簿——究竟是怎么回事？

爸爸不仅没生气，还要一家三口出去吃饭，迄今为止，他从没说过这样的话啊……

妈妈慌忙打电话给寿司店道歉。

然后——利佳想起来那个水手服姐姐说过的话：

“我帮你，让你回家不挨骂。”

3

“太太。”

有人在打招呼，但世界上的“太太”太多了。

所以，玉木幸代根本不认为有人在叫自己。

“你是玉木的太太吧？”

听到对方这么说，幸代这才转过身：“欸？”

“果然是——我是村田。前些日子，很晚了还去府上打搅过呢。”

原来是丈夫的同事，幸代终于想起来了。

“啊，你好——谢谢你一直以来对我丈夫的照顾。”

幸代很少去商场买东西，这次收获良多，两手各拎了好几个大纸袋子。

这种状况下和人打招呼真不是件容易的事情。不经意间，袋子里的包裹就掉出来了。

“啊！”

“不好——抱歉！”

幸代忙着去捡回掉出的东西，这回别的袋子里又有东西滚出来了。幸代与村田两人一个掉一个捡，场面真是奇特。

接着，村田说：“是我叫住您的，作为赔礼道歉……”村田把幸代带去了一条小巷里的荞麦面店。

“真好吃。”幸代很感激，“您居然知道这么好吃的店。”

“因为工作嘛，我很多时候在外面吃饭。”村田和蔼地说，“对了，我听玉木说，您家遭贼了？真是飞来横祸啊。”

“是的……真不知道为什么会瞄上我们家，又不是什么富人家。”

幸代苦笑。

“而且，入室抢劫的贼还被杀了。这是真的吗？”

“是啊。”

“很吓人啊。”

“完全想不通——您看，我先生说床单被罩很恶心，于是让我买新的。”

“所以您才购物啊。”

村田笑了。

“是的，我先生有些神经质。”幸代吃完荞麦面，喝着凉麦茶叹着气，“好像活过来了一样。大热天拎着这么多东西走着，我都眼冒金星了。”

“那就好。”村田愉快地说，“您直接回家吗？”

“是的，带着一堆东西，也没法去逛啊。”

“您女儿——是叫利佳吧，放暑假了吗？”

“今天去姥姥家住了，真应该带她去哪儿玩玩。”

“玉木他是个大忙人。”

“是啊……他在为我们母女操劳，我很感激。”幸代勉强做了个笑脸，“那个，面钱是……”

“没几个钱，我请客。”

村田说着，已经掏出了钱包。

“啊……让您破费了。”

幸代也就老老实实地蹭吃了一顿。

走出店，强烈的日光再次炙烤着皮肤。接下来要去坐电车，然后换乘公交车……拎着这么多的东西，到家了就该像是从河里捞出来一样吧。

但是——当然啦，必须回家啊。

“太太。”

村田说。

“嗯？”

“我开车送您回家吧。”

幸代犹豫了：

“但您还在工作——”

“没事，反正搞销售的人都是东奔西跑，不强求五点必须回公司。送您也不花时间，又不远。”

但也真的不近。和村田并不熟，不能这么麻烦他——话虽如此。

幸代想过拒绝。

“村田先生——”

“谢谢您。”

幸代端出咖啡说道。

是冰咖啡。刚才车子里开了空调，进了家门，一股热气扑来，打开空调也需要时间制冷。

“谢谢您帮忙。”

“没什么，我也并没打算进来坐坐。”

村田微笑着。

这笑容真温柔——丈夫有多久没这么温柔地对自己笑过了呢？

“哎呀，玉木真是幸福啊，”村田说，“有这么好的太太。”

“是吗？”

幸代暧昧地笑了。

“我们家那位，我回去了也态度冷淡呢——两人根本说不到一块去。你们家就不一样了吧？”

幸代敷衍：“这个……算是吧……”

好好说话？自己都快忘了世上居然有那回事。

“真羡慕玉木。我没和您客套，他能有您这样好的太太，真让人羡慕啊。”

“我？别开玩笑了。我就是个黄脸婆。”

幸代笑了。

“太太您很有魅力。”

幸代觉察到村田的视线像缠绕着，来回打量自己的身体，突然感觉有些燥热。

“太太。”

村田突然抓住幸代的手，然后用意想不到的力气把她拉了过来。不觉间，幸代已经在村田的怀里了。

“村田先生——不可以。”

“太太。”

沙发上，幸代被压在村田身下，村田的唇覆上来。气闷，是因为自己全身承受着村田的重量造成的吗？还是因为自己身体里泛起的说不清道不明的欲望在作祟？幸代自己也不清楚。

“村田先生，我——”

“别说话，太太您别动就好。”

是的，我只要躺着不动……我没做任何错事，都怪村田把我的衣服脱了……

叮咚。叮咚。

什么声音？

叮咚。叮咚。门铃一直在响。

是玄关那里传过来的。有人来了，必须去开门。

我——我究竟在干什么啊？

“住手！”幸代清醒过来，同时用力推开了男人的身体，“不行！你要干什么？”

“太太。”

“走！赶紧走！”

双手按住跳动的心口，幸代叫道。

“那我告辞了。”

村田僵着一张脸，走了出去。

幸代急忙整理了衣服，站起来走向卫生间，把头发梳好，走去玄关。

看见村田的鞋子已经不在了，这才放下心来。不知道事情将会发展成什么样子？

如果，门铃不响的话……

幸代打开了玄关的门。

但是——没有人。

是快递吗？还是买的东西送货上门？

幸代看了看邮箱，里面空空如也。幸代歪着脑袋，不解地把门关上。

不管是谁按了门铃，总之这铃声让幸代清醒了过来。

村田确实很热情，但他把自己送回家，肯定没存好心，应该早点儿提防的。

幸代擦擦汗，空调还没让家里完全凉下来，但她已经感受到了丝丝寒意。

跟丢了吗？

片山加快了脚步，转过弯。

但是，那女孩已经不见了踪影。

“奇怪……”

明明没有其它岔道——究竟跑哪儿去了？

片山掏出手帕擦汗，突然，一个硬物顶上自己的脊背。

“举起手来。”是女声，“不老实的话，我就开枪了。”

片山老实地举起双手。

“你干吗跟着我？色狼吗？”

都这么问了，想必也没人会回答“是”吧？

“我是警察。”

“警察？为什么警察要尾随我？”

“因为你在跟踪玉木幸代。”

顿了一顿，女孩咯咯地笑了：

“你可以转过身来了。”

片山把手放下——女孩举起了食指。

“你以为这是手枪？”

“不是，我知道是手指头。”

片山说。

“那你为什么乖乖投降？”

这是个十七八岁的高中女生，感觉很稳重，笑容很和善。

“我想，按你说的去做，能更容易和你说上话。”片山说，

“你为什么要去按门铃？”

“我猜到里面要发生什么了。”

“里面？”

“那个男人正要强暴玉木太太，我给他捣点儿乱。”

片山哑然。

“你是谁？”

“你先说。”

片山出示了警察证。

“货真价实的警察嘛。那你为什么跟踪那位太太呢？”

“这我不能告诉你。”

“是吗？那么我也什么都不说。”

“喂，你——”

“要抓我吗？用手铐铐上押我回警局也行，不管你怎么拷问，我都不会说的。”

“我不会那样的。”片山抗议，“行了，这么热的天，我们找个凉快地方聊吧。”

“那你得陪我。”

片山最不擅长应付这种女生，可能因为她有些像晴美。

“行。”

片山点头。

“我叫永江百合香。”

“永井？”

“永江——知道哪两个字吗？”

“啊，知道。”

片山点头——不大点儿声音说话，还真听不清。

现在放暑假了，这家意大利面店里全都是女孩子。片山并不喜欢这种地方。

“这里的意大利面很好吃吧？”

永江百合香说。

“嗯……”

味道确实不差，但这里并不是能坐下好好品尝的地方。

“你为什么——”

“我不允许男性施暴。”

永江百合香说。

“啊？”

“你耳背吗？”

“没有。只是……我有点儿吃惊。但是，你怎么会知道房间里面那个叫村田的男人会和玉木幸代——”

“你想问我怎么知道他要施暴吗？想都不用想，因为很不正常嘛。工作时间送一位女士回家，还厚颜无耻地进门，肯定不安好心。”

片山睁圆了眼睛。

“你十七岁？十八岁？”

“十七。”

“才十七岁，说话就像大人似的。”

“我的事不用你管。”少女说，“你在调查之前的入室抢劫犯被杀一案吗？”

“当然。”

“那你得查查玉木成男。”

“那家的男主人？”

“他在外面有女人——已经好几年了。”

片山哑然：

“我已经觉察他们夫妇关系不好了。”

“是吗？”

“他们床褥的凹陷程度不一样。”

片上也毫不示弱。

“哎哟！你还挺行的嘛。”永江百合香觉得有趣，“那位太太过得并不幸福，真是可怜。所以，面对那种男人的诱惑会有些动摇……不过，应该没事了。”

“你和那家人是什么关系？”

永江百合香脸上微微泛起了谜一般的笑容，说：

“不久之后你就会知道的。”

“这可不行，你——”

“我去个卫生间，然后和你慢慢说，行吗？”

片山也不能拦着人家。永江百合香把包留在椅子上，离开座位走了。

片山吃完意面，点了杯咖啡。然后一直等着对方回来……

十五分钟、二十分钟过去了，永江百合香还没回来。

片山拿起包，打开一看——里面空空如也，只有一张便笺纸。

“多谢款待。”

“混账！”

片山不禁脱口骂出，引得周围的女孩子们纷纷侧目。

“被耍了吧？”

“好像是呢。”

“他得把账单都付清了吧？”

“哈哈，难怪。”

这些女生或许是想小声议论的，但嘲笑声清清楚楚地传进了片山的耳朵里……

4

利佳坐在公园的长椅上。

酷暑难当，而这里有阵阵微风经过，分外凉爽。利佳经常一个人来这里坐坐。

利佳很苦恼——你别笑，十岁的女孩子也会有烦心事。

即便那些对大人来说根本称不上烦恼的事情，对少女来说也很深刻。

想得太入神，根本没有察觉——

一个从没见过的男人来到了长椅旁边。利佳抬头一看。

“呀，你在干什么呢？”

此人笑了，坐在利佳旁边。

“没什么……”

利佳本能地感到危险。

这个男人并没有什么怪异的举止，眼神也不可疑，就像常在附近的“推销员”一样，这么热的天依旧系着领带，上衣外套——果然还是脱了，搭在肩膀上。

但是，利佳感觉这个男人总有些心怀不轨。好像他并不感觉热。

“就你一个人？”

男人趁利佳坐着没动，伸手环住利佳的肩膀。牢牢地、就像摁住利佳一样。

怎么办？利佳感到背上在冒汗。

“我……要回家了。”

从僵硬的喉咙中总算挤出了声音。

“也不用着急吧？”

男人的气息喷到脸上。利佳的身子僵住了。

这个公园是从马路上拐过来的一片地方。

这张长椅位于树阴处，从马路上看不到。

有没有人——有没有人经过？现在明明是白天啊。哪怕来一两个人也好啊。

但是……好像没有人的踪迹。

“你……很可爱哦。”

男人的另一只手搭上了利佳的膝头。

利佳的身子在颤抖。她想大叫，却叫不出声来。

“不用害怕……和叔叔一起做些愉快的事情吧？”

利佳感到男人的声音变得尖锐起来。

利佳闭上了眼睛——妈妈！妈妈！

“喵——”

她突然睁开眼睛，有只猫在跟前。

三色猫——三色猫？好像在哪儿看见过。

“猫？真烦人，走开。”

男人生气地伸出脚想要把猫踢走。

就那么一秒钟，三色猫从地上腾空跳起，用锐利的爪子给男人的正脸来了一道爪印。

“哇——”

男人两手抱住脸，有血迹从指尖流下，然后站起来踉踉跄跄地跑了……

“喵——”

三色猫坐到长椅上，抬起脸看着利佳。

想起来了，是的。

这只猫……家里遭贼的那天，它来过家里。

“没事吧？”

被突然这么一问，利佳吓了一大跳。她还以为是猫开口说话呢。

但是，当然不可能。

“这附近有可疑的人出没，你要小心。”

片山晴美——当利佳知道来人是那位警察的妹妹时，总算长舒一口气。

那位警察一点儿都不可怕，看起来人特别好。

“这只猫名叫福尔摩斯。”晴美轻轻地抚摸着三色猫的头，“它很厉害哦，你刚刚都看见了吧。”

“嗯。”利佳点点头，“它好厉害。”

“喵——”

“被表扬了，它很开心哦。”晴美说，“你在这里干什么？”

利佳有些犹豫，然后说：

“我在想事情——生活中很少出现异于往常的事情吧？”

晴美点点头：

“这可是真理。那你说说，有什么不同寻常的事情？”

“爸爸——每逢暑假，他总是问我作业写了没、让我去补习班，烦透了……但今年暑假却什么也没说。”

“是吗？换作姐姐我的话，高兴还来不及呢。”

利佳笑了：

“的确很高兴……但爸爸好像忍着什么没说……我该怎么形容呢……感觉像是很不情愿地忍着什么事情……”

“我明白。”

“通信簿那次也是这样。”

“你具体说说。”

利佳说碰见了一个神奇的女生，她帮助自己免于挨揍。

“嗯——”晴美一边思索一边说，“你爸爸真的没揍你？”

“嗯，他都没生气呢。”

“是吗——这可就有意思了。”晴美紧接着补充，“抱歉，说什么有意思。但是，没准和入室抢劫案件有关呢？”

“那位小姐姐吗？但是，她人真的很好。”

“当然。”晴美温柔地搭着利佳的肩膀，催促道，“回家吧。”

“你会送我吗？”

“会的，我和福尔摩斯一起送你。”

利佳很开心，还有一点儿小得意。有“两个人”护送自己回家呢！

按了门铃，许久没有回应。

片山按了三下，只听见屋内门铃的回响。

没人吗？但是，仔细一听，屋子里有人的动静。

“谁啊？”

终于隔着门听到女人的声音。

“警察。”

片山掏出证件，透过上了门链、微微打开的一条门缝给对方看。

“请稍等。”

过了一会儿，门终于开了。

“抱歉……我在睡觉。”

的确，女士的睡衣外套了一件睡袍，大概二十七八岁的模样。

是讨男人喜欢的类型。

“你是阿川女士吧？”片山说，“我来调查你和玉木成男的关系。”

阿川洋子微叹了口气：“请进。”仿佛死了心一般。

走进房间，片山闻到烟味。

“你抽烟吗？”

片山问完，只见阿川洋子有些慌张：

“啊——刚才有卖保险的人来过，那个人抽烟。我不抽的。”

“你叫阿川洋子吧？”

片山摊开记事本说。

“是的。”

“你和玉木成男……”

“你是想说我们是男女关系吧？”像换了个人似的，“但我们又没做坏事。”

她语气尖锐。

“我并不关心谁爱谁。”

正在片山说话时，“阿嚏！”

只听见门后面传来了打喷嚏的声音。洋子闭上了眼。

“快把衣服穿好，不然会感冒的。”

对于片山的话，洋子苦笑了：

“多谢关心——喂，出来吧。”

洋子说完……门开了，一个腰间围着浴巾的男人走了出来。

不是玉木。

“抱歉……这副样子。”

“你穿好衣服就回去吧。”

洋子说完，男人立即走进房间里去了。

洋子咳嗽了一声：

“玉木他一周才来一次，我很寂寞……这个人只是销售员。”她笑得很僵硬，“你别告诉玉木，求你了。”

“我不会乱说的。”

片山说：“你和玉木在一起几年了？”

“差不多三年了。”

“这套公寓的租金呢？”

“玉木替我出的。生活费也一样——我有时心血来潮也会做点儿打字的工作，以前我做过这样的事情。”

房租加生活费，不管玉木是多么优秀的员工，自掏钱包能负担吗？

他才四十岁，月薪再多，也有个上限。

“你知道前些日子玉木家遭贼了吗？”

“知道，听说贼还被杀了。”

“玉木有说过些什么吗？”

“哪方面？”

“贼在找什么？为什么被杀？”

“没有，他什么都没说。”洋子摇摇头，“总之，这件事和我没有任何关系！真的！”

“别这么歇斯底里啊。”片山沉稳地说，“换句话说，玉木在想办法筹钱吧？”

洋子僵着脸，摆弄着睡衣外套的绳子。

“真的——我什么都不知道，真的。”

她一直重复着。

刚才的那个男人穿好了西服走出来：

“那——我先走了。”

然后就匆匆准备离开。

“你别再来了。”

洋子对他说。

“你还不能走，”片山说，“村田先生，坐下聊聊吧。”

男人吓了一跳，转身过来。

“坐吧。”

片山催促道。村田有些不情愿地在沙发上坐下了。洋子一脸惨白。

“我什么都不知道。”

村田说。

“我还什么都没问你呢。”

“呃。但是……”

“这里的房租，还有其他的费用，你知道玉木是怎么弄来钱的吧？”

“和我没关系。”

“但你知道吧？”

“怎么可能。”

“是吗？”

片山点点头。

“我可是要告诉玉木的哦。”洋子瞪着片山，“你很卑鄙。”

“没必要这么说吧。村田，你要是不说实话，后果可是不堪设想的——你自己也明白吧？”

“什么后果？”

“你强奸玉木幸代未遂。”

村田愕然。洋子也一样。

当然，说是强奸未遂，玉木幸代不一定会承认。但村田被来了个下马威，竟不知如何回复。

“怎么回事！你对他的太太？”

洋子上前揪住对方。

“住手！我什么都没做！真的！”

“你这个骗子！你居然……”

洋子真的一把揪住了村田。

“你住手啊！喂，够了！”

片山任两人扭作一团。

经常被女性“袭击”的片山，这次带着几分得意地看着眼前的好戏……

玉木成男打开玄关大门，走了进去。

才下午三点，打电话回家，但没有人接。

他走进客厅，伸了个懒腰。前天晚上基本上熬了个通宵。

摘掉领带，正想找点儿喝的——

只听见头顶“啪嗒”一声，他吓得抬起头——正上方是卧室。

有人！

玉木悄悄地走上楼梯。

脑海里浮现出“入室抢劫”一案。

卧室的门开了一条缝，里面传来“咔嚓哐啷”的声音。

玉木轻轻地走近门口，“啪”地打开门。

“谁！”

他喊道。

柜子前回过身来的是一名十七八岁的少女。

“你在干什么！”

“找东西啊。”

少女说。

“你居然敢随便进来……你之前也来——”

“我找到了，你小时候的通信簿。”少女笑了，“你有什么资格骂你的孩子？”

“你是什么人！”

“你别动怒。”少女从容冷静，“我叫永江百合香。”

“不认识。”

“永江这个姓，你不记得了？”

“永江……”仿佛自言自语一般……玉木睁开了眼睛，“你是‘那个’永江？”

“没错，曾经和你同居过的永江小百合是我妈妈。”少女说，“你得知她怀孕后，就逃走了。”

“那么，你是——”

“你女儿。”少女说，“不过，我不认你这个爸爸。你别担心。”

“你来做什么？”

“我一直在调查你。妈妈去年死了，我一边工作一边上学。”

“是吗……我知道对不起你们。”

“太迟了——我在调查你的过程中，遇见了同道中人。于是，我们就联手了。”

“你在查什么？”

“这个。”

百合香拿出了一本笔记本。

玉木的脸色变了。

“把它还给我！”

“一看到这个，我就明白你在私自挪用公司的公款。你玩完了。”

“还给我！我知道你恨我——”

“不止这些。”百合香摇摇头，“这里写着的支出三百万的金额，你干什么用了呢？首字母写着‘K’，这是那个入室抢劫犯草刈吧？”

“你胡说——”

“你收买了草刈。然后呢，他入室时，你太太正好回来。如果你太太倒霉，就会被杀。你是这么打算的吧？”

“怎么可能，我——”

“这么做的话，就不会有人觉得是你杀的。你太太的保险金额最近可是涨了哟。”百合香说，“但是，人算不如天算。结果草刈被杀了。”

玉木一直盯着“女儿”。

“是你……干的？”

“这可是杀人！我在二楼翻你的通信簿，正好听见一楼有人争吵的声音。下去一看，草刈已经被捅死了。”

“那么，是谁——”

“我。”

背后有人说话。

玉木转过身去，哑然：

“幸代，你……”

“我被勒住脖子——刚好是在厨房，我抓起菜刀，捅向草刈的背……”幸代叹了口气，“但我没和你说。我不相信，我不相信你想杀我。”

“但他还有个情人叫阿川洋子。”百合香说，“他为了那个女人花了不少钱呢。”

“我听说了，村田想强暴我也是受你指使。”

“幸代……”

“杀了草刈，我有罪。但是，你——”幸代这才直直地盯着丈夫，“你背叛了利佳！”

玉木一脸惨白，跌坐在地上。

片山进来了：

“玉木先生，麻烦你和我们走一趟。”

百合香把笔记本给了片山：

“这个，你交给他公司的人——我当初答应调查这个人是有条件的。如果我干得好，他们就答应雇我。但我不干了，你就这么转达吧。”

“好的。”

“我的人生我自己做主。有这样的爸爸又不是我的责任。”

“百合香。”幸代说，“如果愿意的话……你和我，还有利佳，一起住在这里吧？我会上班，我们总能够想办法活下去的。”

百合香默默地握着幸代的手。

她的眼中有闪光。

片山催促着好不容易才站起来的玉木走出卧室……

“当然，幸代是正当防卫，对吧？”

晴美说。

“是的，我想应该不会被起诉。”

“喵——”

“福尔摩斯也在说‘太好了’呢。”

“哎呀呀，累死了。”

片山横瘫在公寓的榻榻米上。

“百合香和她们一起住了吗？”

“没有，她心里还是有些抵触吧。不管怎么说，那是抛弃她们母女的男人的家。但是，利佳却缠着她不放她走呢。”

“那么，百合香可是抵挡不过的。”晴美笑了，“福尔摩斯，你说是不是？”

晴美刚准备好晚餐，就听见脚步声传来。

“喵——”

福尔摩斯抬起了头。

“来了，这个抵抗不了饥饿感的家伙。”

片山刚说完——

“晴美！片山！我是石津！”

声音大得都可以传到隔壁邻居家了。片山赶紧跳起来，去玄关开门……

三色猫探案：职业杀手

1

有一点可以确定。

这个女人大概不懂“察言观色”。

这个女人一边往片山义太郎身上靠，一边用嗲嗲的声音咬着耳朵：

“你愿意为我杀人吗？”

很明显，这个女人并不知道片山是警视厅搜查一课的警察，当然她并没有千里眼。但是，片山看上去很温和，一张连小虫子都不敢弄死的脸（本人这么认为），居然有人想找他当杀手，只能说对方看走眼了。

但是，这里有一个难题。片山是警察——如果他是普通的上班族的话，可以说一句“别开玩笑了”，笑着搪塞过去就可以了。

如果真的发生了杀人事件，可能良心会有一点儿痛。

但作为警察应该怎么回答呢？这不是一瞬间能作出判断的。

如果这个女人是认真的——可能是借着酒劲开玩笑吧，但万一她是认真的，警察有义务防止杀人事件发生。

“别逗我了。”

假如这么拒绝对方，女人肯定会“啊，好吧”地截住话题吧。

假如片山掏出西服内口袋里的警察证，质问对方：

“你究竟想杀谁？”

结果又会如何？

女人当然会“开玩笑的啦，哎哟，你这人好奇怪”地笑着逃走。

这个时候要瞬间作出判断，可能是警察的宿命。但片山不擅此道。

正在犹豫，女人似乎把片山的这副表情看成“想帮忙”。

“跟我来。”

女人抓着片山的手腕拉他走。

“呃……等等——你这样我很难办啊……”

片山还不知道，真正的“难办”才刚开始。

宴会开到了深夜，正是高潮。

片山极少参加宴会，主要是出于工作原因。他以个人名义参加过的宴会从没有这么多的人，也没有像这样过午夜的。

"我先生。"

女人拉着片山去见整个宴会的"东道主"。

片山有点儿吃惊，但他早就知道宴会的主人是这个男人——吉村靖男。今天是这个靠房地产发家致富的男人的花甲之寿。

"呀，欢迎欢迎。"

男人穿着白色的晚宴服，领口绣着红玫瑰，突兀而醒目。他看起来不像六十岁，给人活力十足的印象。他的皮肤被太阳晒得黝黑，体格也格外健硕。

"这位是——"

吉村靖男的"妻子"想介绍片山，突然想起自己都没问过这个人的姓名。

"我叫片山，片山义太郎。"片山作了自我介绍说，"我妹妹晴美一直受令爱的关照。"

"是吗？玩得开心啊。"吉村靖男用一种公式化的笑容对着片山笑了笑，"我妻子则子和我站在一起总被人看成父女，她不喜欢这样。你多陪陪她。"

"呃……"

"毕竟，来宴会的都是一群老东西啊。"

吉村苦笑。

"老东西们还这么色心不改。"妻子则子歪着脑袋，"刚才我被摸屁股揩油了三次，他们把我当成陪酒女了。"

吉村笑了：

"为了保持青春，还不得吃点儿苦头？不过，你今天的打扮确实有些诱人。"

他说。

没错，吉村则子的礼服裙后背大开，前面的深V露出乳沟，这种设计容易让片山贫血。

"但我搭理的都是正经人哦。"则子澄清道，"顺子去哪儿了？"

"和一堆年轻人在地下室跳舞吧。"

吉村的宅子大到片山会迷路，地下还有宽敞的空间，平时用于跳操和健身，今夜变成了临时舞厅。

"你也来跳舞吧？"

吉村靖男说。

"虽然说我长得年轻，但也已经二十八岁了啊，没法像顺子那样活蹦乱跳了。"

吉村顺子今年二十一岁，是晴美的朋友，也是吉村靖男和前妻的女儿。

“啊，有只猫。”则子睁大了眼睛，“好可爱——哪儿来的呀？”

“我家的。”片山说，“这是我家养的猫，叫福尔摩斯。”

“听名字这猫很聪明嘛。”

则子说着，在三色猫前面蹲下。

“喵——”

福尔摩斯认真地盯着则子的脸。

“它对你着迷了。”

吉村靖男说完，便向正要过来打招呼的半老的男人致意：

“您好。”

“前些日子咱们商量的那件事情，地价的事进展如何了？”

两人一边说着话，一边走向一个角落。

那个角落里并排放着一排沙发，在这个持续到半夜的宴会中，已经疲惫不堪的老人们一直坐在上面，恐怕即便酒精下肚，大家聚在一起也只能聊些工作上的事情了。

不工作就心慌，这就是他们那个年代的人。

“你是叫片山吧？”

则子说。

“呃——没错。”

则子微微一笑：

“你很有趣。猫是你的女伴？”

“它是母的嘛。”

“喵——”

福尔摩斯也“同意”。

“想喝点儿什么吗？吃的在厨房里。”

“我已经饱了。”

还有一人已经吃“撑”了。

“怎么样？”

则子问。

“嗯——很好吃。”

“我问的不是这个，”则子苦笑，“我刚才的提议。”

片山看着则子：

“你是认真的？”

“认真的。”

“但是——这太突然了。”

片山说。

这个女人究竟要杀谁？片山过来是为了知道目标。

“我也没办法。我又不能写信问你，也不能先发明信片询问是否参加让你画圈打叉。”

“但……杀人可不是儿戏。”

“我知道。那也不得不去做，我也是拼上我的身家性命啊。”

笑容从则子脸上消失了——她是认真的。

在六十岁的吉村靖男看来，二十八岁的妻子则子就像女儿一般。当然，片山会想到她想要丈夫的财产……

“你为什么要对我说这些呢？”

“我从宴会伊始就一直在观察客人们。”则子说，“但是，只有你似乎能信得过——我的第一印象一般都很准。”

这次还真不太准，片山这么想着，却沉默着。

“我会付足够的钱。”则子说，“任务也不难，活儿做得像强盗，就不会有人怀疑。”

“你要杀谁？”

片山问。

则子左右环视。其实也不用这么做，因为这房子太大了。

“我的情人。”

则子说。

吉村顺子确实正在地下室的临时舞厅里跳舞。

但是，就算顺子才二十一岁，也不可能不眠不休一直跳下去。而且——她在强颜欢笑。

请来的朋友们也装得很开心，顺子很了解同一所大学里的朋友们。

打心眼里能称上闺蜜的，也就只有已经工作了的晴美。大学里的朋友们个个不知人间疾苦，他们只知道“羡慕”顺子。

哪是你们想象的那样呢！身家无价，又能怎么样呢？

和一捆捆的钞票待在一起，太没意思了。

在餐厅里，在咖啡厅里，还是在床上？钞票又不会和自己说话。

顺子走上楼梯，后面有脚步声追上来。

“顺子，你没事吧？”

是“姑且”称得上顺子“男朋友”的谷崎到，是个可爱而又心地善良的少爷。

“没什么。”顺子说，“我只是有点儿口渴。”

“我去给你拿点儿喝的。”

殷勤的谷崎正要快步离开。

“不用了，我只是想凉快凉快，下面太热了。你去陪陪他们吧。”

“嗯……没问题。”谷崎有些犹豫，“你好像没什么精神。”

你连这都看不透吗！亏我还把你当恋人。

“没事，我只是觉得热，有些疲倦。”她说，“我马上就回来。”

她走上最后一级台阶，到了院子里。

客厅里的灯光一直绵延到宽敞的草地上。

凉爽的空气让人心旷神怡。顺子有些安心。

父亲的六十大寿——她不能不为父亲庆祝。顺子的母亲在她尚未记事时就去世了，所以父亲再娶了只比自己大七岁的则子时，她没有特别的抵触。

自己也已经二十一岁了，婚姻大事可以不经父母许可了。

如今顺子并没有恋人。她和谷崎在自然而然地交往，谷崎人很好，但没什么魅力。

顺子仿佛没看到聚在客厅里的父亲的朋友们，径直往草坪的阴影处走去。

这个院子太大了，都可以称之为林子。稍不留神，有可能会踢到别人。

但也有小情侣们喜欢在这里偷个乐子。顺子从地下室一路走来，就看到了三对从舞厅里不知不觉间消失的情侣。

只想一个人待着——顺子心里想着，却没法实现。就因为自己是“大小姐”。

“好痛！”

身旁有人发出声音，顺子吓了一跳。

自己好像没踢到什么东西啊……

“啊——不好意思。”顺子向对面树丛里走出来的人说，“我踢到你了吗？”

“不……”男人回答，“不是。”

来人不是顺子大学里的朋友，即使光线很暗，但也能看到对方的秃头泛着光。

“没事吧？”

顺子问。

“啊……我走着走着撞着树了。该死的！这家的院子里怎么有这么多树？”

男人拿树干乱发一通脾气，却叫着“疼……”，脸皱成一团。

顺子看着，不禁笑出了声。

“你在这里干什么呢？”

顺子问。

“嗯……”

这个披着廉价外套的男人迅速扫视左右，然后说道：“喂，你别出声，不然就没命了。”

他从口袋里掏出手枪，对准了顺子的腹部。

2

“你在这里啊。”

晴美一脸通红地走过来。

“你喝醉了？”

“瞧你说的。”晴美噘着嘴，“我是跳舞跳累了，好热啊。”

她一面喘着气，一面环视屋子各处。

“这里是什么房间？”

“我也不知道，大概是‘客房’吧。”

当然，这里比那大得过分的客厅小很多，但也很宽敞，像普通人家带厨卫一居室的总面积。

“要回去了吗？”

晴美打了呵欠：“差不多就该撤了。顺子也不知道去哪儿了，见到她就要和她告别了。石津呢？”

“不用问也知道。”

“是啊，直接去厨房找就行。”晴美点点头，“福尔摩斯呢？”

“喵——”

高处传来了叫声，晴美吓了一跳。

“你在那里干什么啊！”

她笑着说。

房间里面有一个很高的书柜，福尔摩斯爬到上面的缝隙里去了。

“片山。”

门开了，石津出现了，一副气喘吁吁的样子。

“怎么了？吃撑了很难受吧？

“我又没吃太多。”石津带着一丝遗憾的神色，“我正在走廊上跑步呢，然后看到晴美进来了。”

“跑步？”

“不做点儿运动，就吃不了更多的东西啊。”

对于石津的话，片山和晴美两人面面相觑……

“但是，我们还不能立即回去。”

片山说。

“为什么？”

“受人所托。”

“托你帮忙劝人退休？”

晴美问。

“杀人。”

片山说。

“听好了，你要是耍什么花招，我可要砸你的脑袋了。”

男人说。

“知道了。”顺子走在前面，往家里走，“你用枪射我的肚子，我的脑袋就掉了？”

“牙尖嘴利的家伙。”秃顶男鬼鬼祟祟地左右环视，“这个家真他奶奶的大！”

“又不是我建的。”顺子说，“你想去哪里？保险箱吗？在我爸爸的办公房间。妈妈的珠宝首饰在卧室。”

“保险箱……能打开吗？”

“我肯定打不开啊。”

“是吗？那去拿宝石吧。”

“上锁了。”

“啊……一旦有情况，我就抱着珠宝盒跑。”

“那去二楼吧。”

顺子正要走——

“你在这儿啊！”

突然间，三个女孩子从走廊跑过来。

男人赶紧把手枪收到外套口袋里。

“顺子，我们在找你呢。”

“是啊，你干什么去了？玩游戏没你怎么行呢……这位是？”

女孩子们看着这位明显“不是一类人”的秃头男。

“啊……他啊……我男朋友。”顺子说，“年纪有点儿大，但反而两人都感觉对方新鲜有趣。”

“哎哟……”

女孩子们相互对视——

“顺子你挺行的嘛，居然有个大叔男朋友，出乎意料啊。”

“就是。”

大家纷纷点头。

“总之，一起来地下室啊！人多才好玩，赶紧来啊！”

“喂，等等——”

男人仿佛错走到另一个世界般呆然若失，被嘻嘻哈哈的女孩子们推着，差点儿往前栽个跟头，就这样被推着走向通往地下室的楼梯。

“吧嗒吧嗒”地下着楼梯，男人对顺子说：

“喂，你想想办法啊！”

“你跟我说也没用。”

“闭嘴，你要是——”

“嘘！被听见可不好办！”

这话说得很奇怪，顺子竟然叫秃头男小心。

走进地下“临时舞厅”，男人呆住了。七色的灯光扫来扫去，香烟的烟雾缭绕。

“怎么办？”

“没事啊，这个人加入的话，男女数量就一样了。”

“就是。”

男人还没反应过来，周围的人还在继续说话。

“喂！”顺子捅捅秃头男，“你叫什么？”

“水科。”

说完又说：“糟了！喂，你别告诉别人——”

“真名吗？挺老实嘛。”顺子也有点儿吃惊，“这样能当强盗吗？”

“小点儿声！”

"你的嗓门才大呢。"

"不说了，怎么这么浓的烟味？"

"嗯？"

"吸烟有害健康，都还这么年轻呢。"

居然被一个强盗说教，顺子有点儿意外。

"玩游戏、玩游戏！"

高亢的叫声响起——仿佛要刺破耳膜的大音响通过房间角落里杵着的JBL[①]喇叭传了出来，这个叫水科的男人吓得跳起来……

"真吓人。"晴美说，"警察要去帮人杀人？"

"那你说，该怎么办？我答应了，就能防止别人接手。你说是不是？"

"话也没错。"晴美点点头，"但是，居然有人拜托你，显然是人手不足啊。"

"现在哪里的人手不足问题都很严重。"

石津表示赞同，却被片山瞪了一眼。

"你解释一下，什么叫'帮我杀情人'？"

---

① JBL，美国专业扬声器品牌。

“也就是说，吉村则子和吉村靖男结婚之前有个交往的恋人。那人开始敲诈则子。”

“要钱？”

“不管是要钱还是要则子她人，对方都纠缠不休，则子逃不掉。一旦向对方妥协，对方肯定会一而再再而三地索取，所以——”

“就要杀人？好粗暴啊。”

杀人当然很粗暴。

“这只是则子的一面之词，不知真假……”

“那怎么下手呢？”

“嗯，是——”片山刚要说，敲门声就响起了，“谁啊？”

“打扰了。”

打开门一看，是一位穿着利落的三件套的高瘦男人。

“我是吉村靖男的秘书，叫由利。您是片山先生吧？夫人托我把东西交给您。”

说完，递给了片山一个绑着绳结的盒子。

“谢谢。”

“那我告辞了。”

由利低头致意，走出去了。

“此人很有秘书的派头啊。”晴美说，“里面是什么？”

“很沉。”

片山解开了绳结，一打开盖子，顿时睁大了眼睛：“你看。”

用布半包裹着，黑色、泛着冷光，一看就是小型手枪。

“她是玩真的。”

“咚”的一声，福尔摩斯下来了，攀上片山的膝头往箱子里看，哼呜着嗅着枪的气味。

“哥哥，你准备怎么杀人？”

“嗯……再过一小时——不，只剩下半小时了，我去二楼的客房，那个男人似乎已经躺在床上了。然后，用枪杀了他，当场把枪丢了就行。”

“要是那人没睡着呢？”

“则子说会让男人喝下掺了药的酒，让他睡着。这一点应该不用我操心。”

“噢。”

片山、晴美、石津，还有福尔摩斯，一起看向箱子里的手枪，这真是奇妙的景象。

“然后——”晴美说，“能拿多少钱？”

“五百万。我想应该是这个数。”

“片山！你该不会真要——”

石津探出身子。

“你傻了，我怎么可能去杀人？”

“太好了！我不想逮捕你。”

“喵——”

福尔摩斯看了看手枪，然后看了看晴美。

“福尔摩斯也是这么想的。”

“喵。”

“想什么？”

“要不就干他一票呗，职业杀手没准儿也很有意思哦。”

晴美开心地说，

福尔摩斯也“喵——”地“赞成”……

没想到，会变成这样……

顺子简直不敢相信事情会变成这样。

“喂，一开始就答应了的。”

大家七嘴八舌地起哄。

“你们肯定都习惯了！”

不知谁说了一声，大家都笑了。

游戏的“规则”确实是这么定的。但是，真要做吗……

“快点，站到桌子上！”

在大家的推搡下被迫站到桌子上的，是顺子和——那个“强盗”。

游戏中的最后一对输家要站在桌子上接吻。这是规则。

再怎么说……但是，事到如今，顺子也不能说这个男人是“完全不认识的人”了，更不能说他是“强盗”。

这个秃头男（挂在椅子上的）外套的口袋里还有一把枪。

“好了，顺子，愿赌服输！”

大家又开始起哄。

“知道了。”顺子叹了口气，“但是——把房间弄暗点儿，不用把灯全关掉。”

灯调暗到朦朦胧胧能看清对方的脸的程度。

“喂……”水科的声音有些凄惨，“怎么办啊？”

“没办法啊。”顺子靠近水科，低声说，“总之——必须亲一下。”

“在这里？我……”

“你别得了便宜还卖乖！要忍耐的是我好不好？”

“但……”

“别啰里八嗦，你不是初吻吧？”

顺子两手环抱住水科的背。

屋子里鸦雀无声。

顺子低声嘀咕：“你刷牙了吗？”

“我一天刷三次。”水科强调，“但——”

“闭嘴，不然会咬到你舌头。”

顺子吻了刚见面的男人，还紧紧地抱着对方。

哇！欢声和拍手声响起。

直到重新把房间的灯点亮……只有那么几秒的时间，但顺子着实觉得已经过了很久……

“辛苦啦。”

在大家的起哄声中，水科跳下桌子，抄起外套就跑出地下室。

走上楼梯，才呼地喘口气。

“怎么了？”顺子跟上来问，“你不高兴？”

“你听好了！”水科盯着顺子，“和不喜欢的人，怎么能做那种事情呢！”

“生什么气啊，”顺子耸耸肩，“不过是个吻而已。”

“但是……吻也是很宝贵的，不是能够胡亲的。”

水科愤怒了。

“那二楼的宝石怎么办？”

“没那个力气了，我撤了。”

他的手臂伸进外套，开始穿衣服。

顺子笑了。

“有什么好笑的？”

“你……真是个奇怪的强盗。”

“还不是怪你？”

刚说完——“喂！”

水科的脸唰地白了。

“怎么了？”

“外套口袋里——手枪没了！”

3

吉村突然间感到头晕，手支着身边的桌子，不然他就要倒下了。

“你怎么了？”则子过来了，“你的脸色很差。”

“怎么回事……也没喝醉啊……怎么就站不稳了呢？”

吉村摇摇头。

“你太累了，一直都在出差。”

“可能吧……但我也不能先一个人回去睡啊。”

吉村做了几次深呼吸，但依旧头晕目眩。

“躺下休息会儿呢？躺个三十分钟，肯定会好点儿的。”

则子说。

“嗯……你能陪着我吗？”

“好的，没问题。”

吉村终于微笑了。

“只是看着你，就足以打发时间了。”

他说。

“说什么呢——来，抓紧了。”则子对正好走过来的由利说，“由利，来一起搭把手。”

“出什么事情了？”

秘书快步走过来。

“老爷他不舒服，二楼的——对了，去客卧躺一会儿，那里最安静了。你扶着老爷的另一侧。”

“不用……我自己能走。”

“你看！别逞强了，这样怎么走啊？”

则子与由利支撑着吉村靖男的左右两侧，吉村这才走上台阶。三人一起来到位于二楼的第一间客房。

则子把吉村靖男的上衣脱掉，松开领带，让他的脖颈周围舒适一点儿。

“谢谢……已经好多了。”

“来，躺下——感觉怎么样？”

“啊，舒服多了。”吉村嘴上这么说，但实际上脑袋里昏昏沉沉的，“记得叫醒我——三十分钟后。好吗？”

“好的。”则子催促吉村靖男，“好了，快闭上眼睛……要关灯了。”

“嗯……休息一会儿就没事了。”

吉村靖男深深地舒了口气——房间暗下来了，静悄悄、昏沉沉的……

这是催人入眠的最好环境。

但是，为什么突然间这么想睡觉呢？虽然自己确实很困了，但如此突然……这不同寻常啊。

不管了，闭上眼睛——睡吧，一会儿的工夫，就能恢复精神……

床舒适地承托着吉村靖男的身体。好想就这样一直睡下去。

也就一两分钟的时间，吉村靖男已经坠入梦乡。没有任何抵抗，全身心地放松让人觉得很舒服。

然后——吉村在睡梦中突然听见了什么动静。好像是猫的叫声……

是幻听吗？还是在做梦？这里应该没有猫。

但确实是猫叫，离吉村靖男越来越近……

“那么……差不多该行动了吧？”

片山说完，晴美和石津对视了一眼，两人都点点头。

“哥，让我见识一下你的杀人本事。”

“得了吧。”片山皱眉，“福尔摩斯去哪儿了？”

“刚才还在这里。”

石津左顾右盼。

“福尔摩斯行事有它自己的考虑。我们走吧。”

晴美说。

打开客房门，走到走廊上的晴美和正巧经过的顺子差点儿撞上。

“哇！”

两人同时喊了出声。

“晴美啊。”

“顺子——宴会已经结束了吗？”

“应该快了。”

晴美看见顺子后面跟了一个有些萎靡、不甚起眼的男人。

“这位是……”

“啊——我们刚认识。”顺子摆出笑脸，说，“他叫水科——这位是片山晴美。那是她哥哥片山义太郎，是警察。”

水科吓了一跳。

“顺子，你们在干什么？”

“嗯，这个人丢了东西，我们在找呢。”顺子说，“你呢？”

“嗯。呃——没什么，我去帮帮我哥哥。”

“是吗……”两人都不明所以地告别，“待会儿见。”

“嗯，回头见。”

片山他们走上楼梯。

“真是个奇怪的人。”晴美说，“刚才那人……叫水科来着？”

“是啊，听到我是个警察，脸都白了。”

“但是，顺子不可能和罪犯在一起。”

“也是……”

但是，不管他是什么人，都明显和这个大宅子不相称。

一边想着，片山来到二楼。

“说的是第一间房间吗？”

“是的，就是这间了。”片山想按下门把手，“要先敲门吗？”

“杀手杀人前先敲门？这不奇怪吗？”

“我又不是真的杀手。”片山说，“一般来说，门会锁上吧？”

正说着，片山按下了门把手，门立即开了。

“怎么回事——门是开着的，但房间很暗。”

“要开灯吗？”

晴美说。

当然了，即便她嘴上不说，也已经准备开灯了。用手摸索到了开关，“咔嚓”一声响……

房间里是一套小双人床和沙发，差不多是酒店标间大小。

“有人在床上。”

晴美说。

“嗯——可能就是‘情人’吧。”

床上的人盖着毯子，即便房间开了灯，也丝毫没有动静。

“果然是吃了安眠药睡着了。”片山走向床边，说，“起来吧。”

“吃了药，你叫不醒的。”

晴美说。

“可能吧，看看究竟是谁。”

片山抓着毛毯掀开，然后……

“怎么回事？”

晴美和石津凑到床边来。

然后——大家都哑然。

年轻男人——不，应该用“男生”来称呼更恰当，他仰面躺着，心脏周围有子弹的痕迹……血在胸口扩散。毫无疑问，此人早就断气了。

“怎么会这样！”

“这个男生……是顺子的男朋友。”晴美说，“没错，确实是——是叫谷崎。”

“但是——为什么被枪杀了呢？”

“不知道。”晴美说，“哥哥……你没杀他吧？”

她紧紧地盯着哥哥的脸。

“谷崎？”顺子的眼睛睁得滚圆，“死了？这是怎么回事？”

“嘘。”晴美扫视了走廊，“被人用手枪枪杀了。”

“你骗人。”

顺子喃喃自语。

“真的。这不是游戏也不是别的什么。”晴美说，“大家都还没回去吧？”

“嗯……应该所有人都在。”

顺子点点头。

“抱歉了，如果有人要回去，你劝阻一下。警察这就来了。”

“还没到吗？”

“还有鉴证科那边的人也会来。总之，现在发生了杀人事件，大家都不能走。明白吗？”

“嗯。”

顺子虽然这么回答，但依旧一副难以置信的表情。

“晴美。”片山过来，“没看见吉村太太。”

“则子吗？”

“是的，她的先生也不见了。”

“爸爸不见了？”顺子问，“不可能啊，明明还有这么多宾客在，他不可能置之不理啊。”

“找一找吧，你对这个家很熟悉吧？”

“当然了，她就住这儿啊。”

晴美说。

“等等——等一下。”顺子摇摇头，“我有些混乱……稍微——让我一个人冷静一下可以吗？”

“好的，当然可以。这对你来说也是个打击。你不像我们，我们对这种杀人事件可是见怪不怪了。”

“那就等警察来了之后再搜索吧。没准还有外面的人闯进来了。”

片山和晴美走向客厅，顺子一时之间还杵在原地——

“对了！”

她自言自语后慌忙跑去走廊深处。

靠近院子的一个房间是储物室，放着厕所纸和床单等。

她轻轻推开门，问：

“在吗？”

“是你啊？”

堆放着纸巾的箱子阴影处，露出了水科的脸。

“好香啊。”

“你将就着点儿吧，大家都吃得差不多了。”

因为这个“强盗男朋友”说肚子饿了，所以顺子去厨房拿来了食物。

“我该走了。”水科站起来抻了抻腰，“再找下去也不一定能找到手枪。”

“出事了。”

顺子说话时，远处传来警笛声。

“那是……警车！”水科呆立着，“你打110了！该死的！”

“你冷静！我要是想把你交出去，这里就有两位警察啊。”顺子反驳。

“是吗？”水科相信了，“那么，警车为什么来？”

“所以我说出事了嘛。”

听完顺子的说明，水科哑然。

“喂，那么……”

“肯定是用你口袋里的手枪干的。警察把这家里全部搜查一遍之后，肯定会找着的。”

“那认为是我干的？”

“你被怀疑也无可厚非啊，你本来就是强盗嘛。”

“开玩笑！我根本没杀过人。”

“这只是你的一面之辞。”顺子斩钉截铁地说，“想逃就逃吧，但会被抓的。”

“别说得事不关己的样子。”

警笛在宅子前停下来。

水科抓起外套。

“现在跑还来得及，我走了。”

“保重。”

顺子挥挥手。

“你……真是奇怪。”

“你不也一样？”

水科苦笑，从储物室走出去。突然眼前响起“呜喵——”的尖锐猫叫。

“哇！”

水科吓得跳起来，然后摔了个屁墩儿。

“你逃不掉的，放弃吧。”

顺子也一脸吃惊地说。

4

“这么说来，犯人一开始就很清楚了？”

栗原警视说。

他是搜查一课的课长，但一到案发现场就乐不可支。

“课长……”

“你被年轻主妇的美色和金钱诱惑，接下了杀人的活儿——真有意思。”

“这时候你还开玩笑？”

片山一脸阴沉。

“这不是玩笑，是笑话。”

“随你怎么说，总之，这家的主人夫妇俩都不见了。”

“私奔了吗？”

“夫妻还用得着一起私奔吗？”

“世界上也有喜欢这样的人嘛。”

这时候栗原说的话不能当真。他一来到现场，就因为太开心而导致整个人的精神状态特别亢奋。

“总之呢，先搜查整栋房子——这房子建得还真大。”

片山心想，这是人家的自由，我们也没办法。

“打扰一下。”

有人说话，是秘书由利来到了现场。

“客人如何安排了？”

栗原问。

“我说明了情况，大家都表示理解，在客厅休息了。小姐的朋友们已经分散到其他房间了……”

“辛苦你了。”

栗原说。

“没什么，但事情很棘手啊。”

由利看着死者躺着的床，尸体还未移动。

“据你说，吉村先生感觉不舒服，你和太太两人一起把他搀扶到这里了，对吧？”

“没错，当然可以去他们夫妇的卧室，但这个房间是最近的。”

“原来如此。”栗原点点头，“但是，为什么会有其他人死在这里呢？”

“想不到任何线索啊。”

由利摇摇头。

“总之，我们先对这个房子进行搜查——没想到会发生这种事情。对了，我们的人手本来就不够，你能为我们带路吗？”

“好的。”

由利低头致意。

片山走出案发现场的客房，对站在走廊里的晴美说：

“你有什么想法？”

“必须找到关键人物，吉村夫妇。”

“嗯——如果吉村则子真的委托我杀人，你觉得被杀的目标是谁？”

“她丈夫。”

“是的，按那个秘书由利的说法，吉村突然头晕，离开宴会来到这个房间休息。”

“接着，哥哥你进来用手枪来上一枪！对方盖着毯子，你看不清是谁，也不会想到那就是吉村先生。”

“然而，实际上死的是谷崎。假如计划在哪里出了岔子……”

“则子很慌张，然后藏了起来。”

“你这种解释也说得通，但她丈夫也失踪了，这一点很奇怪。”

“是的，总之，先进行搜查，看看能有什么发现。”

片山顿了顿，说：

“福尔摩斯这家伙去哪儿了？”

“这是什么地方？”

“酒窖。我爸爸有一阵子对红酒很着迷，于是修建了这里。不久他就没兴趣了，也就没再管这里了。”

这是“临时舞厅”里面的房间。顺子耸耸肩补充道：

“现在这里用来放废品。”

“空气很糟糕。”

“别不知足了，这里比警局好多了吧？”

“知道了。”

水科不情愿地进去了——入口很矮，进去之后的空间可以让人站直身体。

“你杵在那里会被发现的。”顺子说，“当然，他们肯定会搜到这里。”

“那怎么办？变成老鼠吗？”

“你居然说了一句聪明话——那中间的柜子——对了，你拉一下。”

“全是灰……喂，能动。”

“当然，里面有个小小的空间。”

“藏了什么吗？”

“爸爸因为业余爱好而收的宝贝，真正的高价酒。爸爸不想让别人看见，于是特地修建了这里。你进去之后，拉那个柜子关上门，就没人找得到你。”

“太暗了……喂，我很怕黑。”

“你不是强盗吗！”

“好了好了——我进去了。”

水科就像个小乌龟似的缩着脖子，走进架子里。

“好了吗？我要关上了。”

“啊……”

声音里透着害怕。

“嘿呦。”

顺子把柜子推到原来靠墙的位置，挡住入口，“啪啪”地拍了拍手。同时，听见人声和脚步声靠近。

顺子赶紧走出酒窖——但那只三色猫去了哪里呢？

“啊，顺子。”

晴美与片山和警察们一起过来了。

“我刚才在这里找了找。”顺子说，“找到我爸爸了吗？”

“还没有。我们准备兵分两路上下搜索——可以看看里面吗？”

“里面没有东西。”

片山用手持灯照射酒窖。

“好像没人——喂，福尔摩斯，你在这里干什么？”

不知什么时候，福尔摩斯在片山的脚下蹲下了。

“喵——”

“这里吗？什么都没有啊。”

福尔摩斯走到柜子前面转过身——它看见了！顺子耸了耸肩。没辙了。但是，那个“强盗”没有杀谷崎，自己可以作证。

“这里有什么吗？”片山拿着灯照向地面，“地板上有摩擦的痕迹。这个柜子可以打开吧。”

“这个……”

顺子刚想说话。

“救命啊！”

只听见架子里面传来了高亢的呼救声。

片山一行人面面相觑。

“快开门！快放我出去！”

是水科的声音。顺子跑过去拉开了柜门。

水科从里面滚了出来。

“救命啊！”

“怎么了？出什么事情了？”

“里面……有人。”

水科脸都吓白了，直喘着粗气。

“你说什么？”

“手……碰着了，还有呻吟声……这个家被诅咒了！”

“太夸张了。”

顺子吓了一跳。

“看！”

片山用灯照亮了里面——只见吉村则子瘫倒在地。

“怎么回事呢？”片山说，“你想要自杀，于是委托我？”

“抱歉给您添麻烦了。”

脸色依旧苍白的则子说。

她在客房的沙发上喝了热咖啡，情绪终于稳定下来了。

“不知道是不是催眠药的原因，我的精神有些恍惚……已经好很多了。”

“到底怎么回事？”

“我……这一阵子身体不好，前几天去做了检查。谁知——被告知是治不好的疑难绝症……我很怕痛，很怕苦，想着干脆去死吧……但是又不敢自杀，如果被杀，是最轻松的。”

“这么说——我要杀的就是你？”

“是的，我服下安眠药后躺在那张床上——盖着毛毯，你看不清脸，我想在睡着的时候被杀。”

“真是乱来！”

顺子吃惊地说。

“没想到你是警察。”则子有些难为情，“抱歉给您添麻烦了。”

“我们先不说这些，后来怎么样了？”

“我也不知道——我先生他说头晕，于是我赶紧把他扶到客房让他躺下休息。但是，我想到之后你要进来把‘我’杀掉，就想要阻止这一切的发生，于是去找你。我走到走廊里，突然……不知谁从后面把我抓住，蒙了块布在我脸上。然后我就没意识了，就这样……”

“然后就到酒窖里了？”

“可能……我什么都不记得了。”

则子摇摇头。

“那为什么谷崎会被杀呢？”

顺子说。

“太太，手枪是从哪里弄来的？”

片山问。

“啊，那个——我是委托由利弄来的。他从哪里得到的，我也不知道。”

“原来如此。”片山点点头，“太太，医院检查的结果，如果不理想的话，一般不会直接对本人说的。”

“是的……但我先生当时在外国，我——”

“是由利告诉你的吧，对吗？”

“是的。”

晴美点点头说：

“他是怎么知道的呢……另外，你们不觉得由利不见了吗？”

“真的。”

“喂，赶紧找！”

听到这话，栗原大怒。

话刚说完，门就开了——由利倒在地上。

“现在才想到找人，恐怕太迟了吧？”

跟在后面进来的，是吉村靖男。

“老公！”

“你去哪里了？”

片山问。

“我在自己家。我有很多地方可以藏起来。但是——我被救了。”

“此话怎讲？”

“要是我一直躺在床上，肯定会被枪杀吧？即便不被你杀死，也会被这个人杀掉。但是，那只猫用力挠我，硬是把我弄醒了。”

吉村的脸颊上还有几道抓痕。

“喵——”

福尔摩斯叫了。

“太好了——真得好好谢谢你呀，小猫咪。”

则子说完，福尔摩斯一副事不关已的表情转过身，打了个呵欠。

这是福尔摩斯害羞了的表现。

"那么，谷崎看见由利把枪装到盒子里了吗？"

顺子说。

"是的，因为没有绳子了，由利去厨房取绳子的时候，谷崎悄悄地拿起手枪摆弄——他根本没想到枪是装了子弹的，还以为是玩具仿真枪。"片山说，"正在摆弄的过程中，手指触碰了扳机……"

"他是自己把自己枪杀了吗？"

"由利是这么供述的。"

晴美点点头。

已经是早上了，参加宴会的客人们都回去了。

客厅里还残留着昨夜那混杂着酒精的味道。

晴美、顺子和片山在大沙发上说着话。石津和福尔摩斯虽然也在，但都呼呼大睡。

"发现尸体时，由利慌了。他的目标本来是吉村靖男，于是他把谷崎的尸体藏起来，把枪送到我这里，让吉村靖男喝下安眠药后再送到那间卧室。"

"但福尔摩斯把吉村靖男叫了起来，让他离开了那间屋子。"晴美说，"由利给则子下了安眠药，然后关在酒窖内的小屋里。等他再回到客房时，发现吉村靖男不在了——他也不知道怎么回事，总之先把谷崎的尸体安置在客房的床上，是这样吧？”

“但是……”顺子感到不可思议，“由利为什么要这么做呢？”

“吉村靖男被太太所杀，然后太太自杀——应该是这么谋划的。当然，则子拜托我哥哥去杀她，这也是由利的点子。则子本打算‘自杀’，但由利想偷梁换柱成杀死吉村靖男。但是，没想到我哥哥是警察。”

“把爸爸和妈妈——都杀了？”

“财产就是你的了。”

晴美点头。

顺子哑然。

“那么……由利……”

“他想和你在一起。”

“怎么可能……”顺子摇摇头，“我们又不是恋人……他怎么会这么想呢？”

“他以为，如果事情进展顺利，你爸爸妈妈都死了，你自然会依靠他。”

“所以，杀人犯都心术不正。”片山说，“总之，没事就好。但——谷崎就很可怜了。”

“是啊……他肯定没想到那是真的手枪。”晴美说，“对了，顺子，那个叫水科的男人……”

“啊，我家太大了，他迷路了。但是，如果他被找到了，就有嫌疑，所以我把他藏——”

“顺子，你和那个男人接吻了吧？”

“嗯。”顺子脸红了，“他不是坏人，你们见了他就知道。”

“呵，既然是迷路了，就不能算入侵他人住宅了吧？”

片山笑着说。

“我想拜托爸爸给他安排个工作。他肯定会认真做的。”

说曹操曹操就到，门开了，水科走进来。

“你好……”他打过招呼说，“我刚在厨房吃了点儿东西。”

“要走了吗？”顺子站起身来，“我有话要和你说。”

“话？”

“是的，那个——”

顺子正要往下说，只见一位警察走进了客厅。

“片山，这是掉在地下室桌子下面的。”

说完，拿出一支手枪。

“啊……”

水科的脸“唰”地白了。

“不知是谁落下的，这可是高仿手枪。”

“高仿手枪？”

“我弟弟也有一把一模一样的，它会打出塑料子弹。我放在这里了。”

警察把手枪放在柜子上走出去了。

“塑料子弹哟。”

顺子说。

“我可是用真枪的价格买的！”水科表情凄惨，“被骗了！”

“好了好了——被警察听见可就糟糕了。”顺子笑了，“来走廊里，我有话和你说。”

她带着水科走了。

“喜欢中年人啊。”晴美说，“哥，你要不要和顺子？”

“我又不是中年人！”

片山生气地说。

“喵——”

不知何时，福尔摩斯竖起耳朵在听。叫了一声后，打了个大呵欠。呵欠也传染给了片山和晴美。

“回去睡觉吧。”片山站起身，“不过，肚子饿了。我们先吃点儿什么吧？”

本来应该是睡得死死的石津，呼地坐了起来，说：

“好啊。”

“啊，你们要回去了吗？”

吉村则子微笑着站在玄关处。

“你的病情怎么样了？”

晴美问。

“没什么病。”吉村靖男走过来说，“顺子要有弟弟或妹妹了。”

“啊——恭喜。”

“刚才向医生询问过了。你不能轻易相信由利的话啊。”

“但是，我没想到……”

则子脸红了。

“喵——”

福尔摩斯高声叫着，对她送上了祝福……

三色猫探案：催眠术

1

“你能看见中间的一个光点吧？”女人说，“盯着那个绿色的光点……集中注意力，听见了吗？放空脑袋，把所有注意力集中在那个光点上……好的，仔细看好哦。当光点缓缓移动时，眼睛要跟着那光点移动……”

室内很安静。

久保田弓子悄悄地用胳膊肘碰了碰身旁的唐津沙友里，小声嘟囔：

“喂，难道不是银币在眼前晃吗？”

“嘘！”沙友里瞪了一眼，“安静。”

弓子微微蹙眉，耸了耸肩。

“好的。看仔细了——一直跟着光点移动……”

声音和话语源源不断地传进耳朵里。久保田弓子想，光是听这些就足以让人想睡觉了。

但是，仅仅这样就真的能被催眠吗？

自己肯定是不行的，弓子心想。看电视时，自己也是数秒就用遥控换台，如果有人和自己一起看电视，对方肯定会生气。

对于自己这样的人，不管再怎么说“集中精力”，说了也是白说。

但是，香织她……

是啊，香织本就是很认真的人，人家说什么她就信什么。可能她是最适合被催眠的人选吧。

“你看，眼皮已经很沉了吧……想睡觉了吧？”

香织轻轻地点了点头。

“可以，那你慢慢地闭上眼睛……好了，现在你已经睡着了……”

西尾香织的身体晃了一下。

虽然没从椅子上摔下来，但旁边看着的人还是有些紧张。

“被催眠了吗？”

唐津沙友里的眼睛睁得滚圆：“好厉害！”

“你们的朋友现在已经处于催眠状态了。”

奇奇怪怪的七彩头巾缠在头上，这个女人得意地说。

“我们对香织提问，她能听见吗？”

沙友里怕香织会被吵醒，小声地说。

“没关系，只要不是太大的声音就不会吵醒她。”

这个女人叫安西莎乐美。当然不是真名，脸看上去有几分吉普赛风，但这是化妆的结果。

“接下来，问她几个问题吧。”

安西莎乐美说。

沙友里和久保田弓子对视了一下。

“你有想问的吗？”

沙友里说。

“呃，正月里要去哪里玩？像这类问题吗？”

弓子说完，沙友里就说：

“真没意思！算了。香织——香织，能听见吗？”

全身处于放松状态、靠在长椅子上的西尾香织微微点头。她闭着眼睛，脸上依旧没有表情。

“香织，你正月假期里准备去哪里？”

沙友里问完，隔了一小会儿。

眼看着香织做了几个深呼吸：

“滑雪……要去滑雪……但是，也得回家……”

香织的语调意外地清晰。

“欸？”弓子觉得格外有趣，“她真的回答了。我们问点儿有意思的吧，关于男人的。”

“不要啦。”说话的是在场的河野美树，“问这种私人问题，香织太可怜了。”

“我们不说，她就不会知道。”弓子说，“你觉得呢，沙友里？”

“对啊，我们和香织的关系这么好，没事的。”

“但……”

河野美树还在犹豫。

“玩嘛玩嘛，一起来啊。”沙友里的语气非常轻松，“我这次要确认井关课长和香织之间亲密到什么程度了。”

“这个好。”

弓子拍手鼓掌。

“嘘！”安西莎乐美让大家安静，“拍手声会让被催眠者苏醒。”

“啊……谁来问？”

“弓子，你问吧。”

“嗯。”

弓子从沙发上起身，走到香织身边。河野美树也放弃了劝阻，不发一言……

究竟是谁被“催眠术”这个特别的招牌所吸引而进来的呢？——现在已经是晚上十点多了。

西尾香织、久保田弓子、唐津沙友里、河野美树四人是在同一个办公室的白领。

这次，四人参加了因结婚而准备辞职的同事的送别会，喝了些酒，之后她们又单独找地方继续喝，路过了这家商店。觉得“很有意思”，于是大家抱着试试看的心理进来了。

四人中，西尾香织酒量最浅，基本上没沾酒。因此，她当然是四人中唯一一个没有喝醉的人，却反而被其他三人强行推到实验台上。

如果要把四个人分类，弓子和沙友里贪玩，香织和美树略朴素，但这样分也没什么意义。四人自称“关系好”，但为了课长井关，私下却摩擦着矛盾的火花。

“香织，你能听见吗？”弓子在香织耳边说，“听见了你就点点头。”

香织过了一会儿，轻轻点了头。

“对了，香织，你喜欢井关课长吧？”

“课长……”香织小声地自言自语了一句，突然间开始深呼吸，“课长……”

“你喜欢他，对吧？”

“喜欢……我喜欢他……但……”

“好的。那么，你和井关课长进行到哪一步了？”

香织面有怒容，似乎有些痛苦。

“她回答不了这种抽象的问题。”安西莎乐美说：“具体点儿，你得问什么时候、干了什么。但是，对他人的隐私问得太深入的话——”

“玩玩罢了。”沙友里打断了她的话，“弓子，昨天晚上，香织好像和课长见面了哟。”

“欸？真的？”

“课长出差回来，在车站打了电话过来。香织接的电话，下班时就坐立不安的。他们肯定见面了。”

“然后今天就休息了——好的，香织，昨晚你在哪里？见了谁？”

香织深呼吸了几次之后：

“和课长……”

“果然，那么你和课长去哪里了？”

香织不知为何眉头紧皱，握紧了手。

“她很紧张。”

安西莎乐美瞟了瞟香织。

“宾馆……有小的……猫的画的宾馆……”

“宾馆哟——比起紧张，没准儿她更加兴奋呢。”沙友里说，“让她说完。”

“嗯——香织，你们进了宾馆，然后呢？”

弓子两眼放光。

“喂，这么做有些过分吧？”

美树站了起来。

这时——香织突然两手挥舞了起来。弓子被敲到了脑袋，抱怨道：

“好痛！你干什么呀！”

“她睡着了。”安西莎乐美说，“唤醒她吧，会有更严重的——”

“不要……住手！课长！不可以！”香织叫了起来，“我……我并不想做！课长，不要，求你了！”

香织两手紧紧抱住胸前。看上去像是防止衣服被脱掉。

“不要！住手——”

突然，香织不说话了。紧接着，两只手的动作也停下了……

“啊？”弓子也喊出来了，“最后还不是做了。”

但是，香织的两手又缓缓伸向前方，像是战战兢兢地想触摸着些什么，手指尖在颤抖。

“课长……你怎么了？课长。”低语声从香织嘴里吐出，“起来啊……快起来啊。”

弓子她们面面相觑。

“出什么事了？”

沙友里说。弓子耸耸肩。

“怎么会这样……我，什么都……”香织的脑袋左右摇晃，“课长，你快醒醒啊……你怎么不动了？求你了，快起来……”

弓子、沙友里、美树，还有安西莎乐美，都沉默着。

房间里的气氛越发沉闷——只有一个人丝毫不在意，那就是西尾香织。

“啊！”香织高声叹息，“怎么会……怎么会发生这种事……课长！求你了，不要死！”

“到此为止吧。”美树站起来，“已经够了。”

“醒来吧。”安西莎乐美也有些慌张，“听好了，我数到三，然后拍手，你就睁开眼睛。知道吗？”

香织点点头。安西莎乐美舔舔嘴唇：

“一、二、三。”

啪地拍手。

香织不动了，然后平稳地呼吸着。

“醒了吗？”

沙友里问。

香织的眼皮颤了颤，然后慢慢睁开。好一会儿，她的眼神像是徘徊在遥远的空间……

终于，她注意到了站在身边的久保田弓子。

“弓子……”她说，然后微笑，“我……被催眠了吗？”

“嗯……差不多吧。”

弓子暧昧地回答。

“真是的，我本来以为绝对不会被催眠成功的呢……”香织站起身来，“怎么搞的——身体好累啊。”

大家都没说话，一直盯着香织。

“我说了什么？”

香织一副不可思议的表情扫视着大家……

2

“安西莎乐美？”片山义太郎反问，“那是什么？”

“新出的沙拉吗？”

“石津，这可不是吃的，是艺名。”片山晴美生气了，“但是，她是使用催眠术进行人生问题咨询的名人哦。”

“是吗？她能治失眠吗？”

片山义太郎、片山晴美兄妹，还有石津警官。

这三人组之外，当然还有一个“人”——

“喵——”

是的，叫了一声要求吃晚饭的就是福尔摩斯。这是一只三色猫，可以说是片山家的“一家之主”了。但其实她并没有那么老。

“不知道她的真名。”晴美一边铲着锅，一边说，“福尔摩斯，饭还有点儿烫，我给你盛到碟子里。”

“喵——”

“那个莎乐美找我们干什么？”片山说着把饭扒进嘴里，“再来一碗。”

“别贪吃。”晴美接过哥哥的饭碗，“我同事常常去找这个安西莎乐美，她会占卜，但在紧张不安、心情烦躁的时候去找她催眠，睡了一个小时后，会觉得身体特别轻盈，像重生了一样。”

“经常感到肚子饿，她能治这个吗？”

“亏你一边吃着饭一边说这种话呢。”

片山简直吃惊了。

“今天那位同事来找我了。她对安西莎乐美说了我的事情——呃，应该是说了哥哥你的事情，说你是一个很有趣的警察。”

“哪里‘有趣’？”

“哎呀，就别在意这些细节了——然后呢，安西莎乐美说无论如何有话想对你说，因为她自己很担心。”

“哼，然后你就把她叫到我们家了吗？”

“没办法呀，又没有其他合适的时间。你最近回家那么晚。”

“工作忙嘛。”片山说，“她几点来？”

“她说十点左右。快到了吧？”

晴美看看时钟。

“福尔摩斯被催眠了会怎样呢？”

“它不会被催眠的，是吧？”

福尔摩斯没有回答，而是看向了玄关门的方向。

有脚步声，然后有人怯怯地摁了门铃。

“我叫安西莎乐美。”

约莫三十来岁——穿一身朴素的衬衫，看上去就像普通的白领。

“本名？”

晴美问。

“当然不是。”安西莎乐美微笑，“安西洋子是我的真名，莎乐美是教我催眠术的人给我起的。”

“很有异域风情，很适合你。”

“谢谢——工作上勉勉强强还算顺利。”

安西莎乐美——安西洋子说完，慢慢地啜饮晴美端来的茶。

总感觉，她在犹豫不决。

“你有话要说？”

片山问。

“啊……实际上，我一直犹豫着该不该说出来。我本身既非医生也非牧师，我给人催眠时并不想听对方的私事，但又不得不听。”

“原来如此。”

“从职业道德上来说，客人的隐私是不能外传的……我的老师是这么教我的，我自己也一直将它视作金科玉律。但是……”

安西洋子说完，又犹豫了。

“但是呢？”

片山催促道。

“有件事情似乎使我不能再遵守规定了……我很苦恼。我想找个人倾诉……有位客人偶尔会来我这里，听她说，名叫片山义太郎的警察是一位非常明事理的人。”

这个说法和晴美刚才的话有若干出入，但片山不想纠结于这些细节。

“那么，这究竟是一件什么事情呢？你是听到了什么惊天的秘密吗？”

“啊……但是，我还没下定决心。我想，或许还是把这件事情藏在心底比较好。”

安西洋子是真的在烦恼。

“我明白你的心情。”晴美说，“警察也一样，除非必要，否则不会涉足个人隐私。我认为，你先把话说出来，之后就交给我哥哥去判断，这样就行了。”

“喵——”

“福尔摩斯也是这么认为的。”

听完晴美的话，安西洋子不知所措地看着一直盯住自己的三色猫。然后——

“真是只伶俐的猫。”安西洋子笑了，“明白了——我看新闻了，一位叫井关的男性在宾馆里被杀了。”

片山稍稍抬起了眉毛：

“我们正在对此案进行搜查。”

“宾馆里有猫的画吗？小猫的。”

“小猫？”

片山歪着脑袋，福尔摩斯“喵”地大声叫了。

“啊，对了，”晴美想起来，“哥哥，宾馆的名字是？”

“啊——‘小猫’。”片山点点头，“你怎么知道这个名字？我记得新闻里并没有透露这个名字。”

“那个叫井关的，是怎样被杀的？”

安西洋子没有回答片山的问题，而是继续问。

“在浴室里……洗发水的玻璃容器坏了，他被尖锐的碎片刺中——”

“浴室里都是血，”石津补充，“还让片山犯了贫血。”

“用不着你一一说明。”片山瞪了石津一眼，说，“但是——你问这些是什么意思呢？”

“知道犯人是谁了吗？”

“现在还不知道……一起进宾馆房间的女性当然是嫌疑人，但我无法推断出这位女性是谁。”

“这样……”

安西洋子陷入了沉思。

“您知道这位女性吗？”

晴美问。

“是的……但，我只是听了一面之词，没有证据。”

“请告诉我，接下来我们会找到证据的。”

片山说。

安西洋子犹豫了片刻。

“好吧。”她点点头，“明白了，见到你之后，我知道你是不会找个嫌疑人然后强迫对方认罪的。”

“喵——”

“福尔摩斯说，它也向你保证。”

“好的……实际上——四天前……”

安西洋子话还没说完，电话铃就响了。

晴美接电话。

“啊，请稍等。”

她转向哥哥，“是栗原课长。”

“课长？什么事啊？——喂。”

片山听着听筒，立即拿起便条纸：“知道了，我这就过去。”

“哥哥。”

“杀人案件。”片山说，“与被害者井关同一家公司的白领被杀了。”

“啊。”安西洋子惊得屏住了呼吸，“请问——被害人的名字是？”

“嗯……久保田弓子。”

安西洋子的脸“唰”地白了。

“从中午开始就没看见她，我们一直找她呢。”

这个年轻的员工因为紧张，脸色微青地说。

“没看见她是指？”

片山问。

"午休结束后，她也没回座位。这种情况时有发生，而且久保田的时间观念不强……所以我们都没放在心上。但是，过了两个小时她还没回来，我们觉得很奇怪，就在公司里面找，结果没找着……没想到在这种地方……"

——地下仓库。

这里纸箱堆得像小山，废旧文件、过期杂志排放在铁架子上。飘浮灰尘的空气让片山的鼻子刺痒。

"哈啾！"

敏感的福尔摩斯打喷嚏也是理所当然的。

"这里也找了吗？"

"没有，这种地方一年只来一两回，没什么重要事情的话……怎么会在这种地方呢？"

这位二十七八岁的年轻男性把白衬衫的袖子卷起来，稍稍松开了领带。这副打扮看上去还挺像模像样的。

"高冈？"

女性的声音响起。

"欸？——啊，河野啊。"

穿着白领衣服的女性来到了仓库。

"我刚问了门卫大叔，真的是弓子？"

“嗯，她偶尔会来整理文件。”被喊作高冈的青年点点头，“我推着一推车的纸箱下来，进仓库一看……那堆纸箱堆成的小山塌了。我正纳闷呢，于是走过去一看……”

“真惨啊。”河野美树叹了口气，“继井关课长之后又有人被杀了，怎么回事啊？”

“我也不知道。”

片山走到仓库里面。

纸箱堆起的小山塌了，死者有一半身体都压在纸箱下——死因是勒死，死者脖子上留有深深陷进去的细绳的痕迹。

片山刻意避开尸检人员，走出了仓库。

这里说是仓库，但并非独立的建筑，只是利用了大楼的地下室，所以出口是电梯。

“你是河野美树吧？”

片山说。

“是的……”对方不安地看着片山，说，“我，什么都不知道。”

“但是，对于井关邦晴被杀，你应该有一些想法吧？”

“课长吗？——他是好人。”

她脱口而出。

“‘好人’是不会被杀的吧？”片山带着一点儿嘲讽说，“井关这人在女员工中间相当受欢迎吧？”

“是的……长得又帅，而且——”

“还是单身。”

“是的——是的，确实是。”河野美树点点头，“虽然结过一次婚，但离婚了。”

“为了井关，女同事之间没有争风吃醋吗？”

“这个……”河野美树噎了一噎，“大家都有各自的考虑。但是，大家认真到什么程度就不得而知了。”

“说的也是。”片山点点头，“明天中午，我想把大家集合起来。”

“集合？”

“你，唐津沙友里，还有西尾香织，你们三人。”

河野美树一瞬间有些踉跄。高冈吓了一跳：

“没事吧？警察先生，她受了很大打击。”

说完瞪着片山。

“没事，没事。”河野美树摇摇头，对片山说，“明白了。”

“你们可以回去了。”

片山说完，高冈搂着河野美树的肩膀进了电梯。

“哎呀哎呀。”片山说，“你怎么想？如果西尾香织真是杀人犯的话……”

“但是，昨天刚杀完人，怎么会愿意当作试验品被催眠呢？”

晴美说。

“嗯……有道理。”

“我们就当没听过安西洋子的话来调查吧。”

来到现场的途中，片山他们听了安西洋子的讲述。看过员工名单，片山轻松地挑出了当时的四位白领。

但是，确实如晴美所说，将西尾香织视为犯人有些勉强。

“总之，明天听听三人的陈述。”片山说完，“福尔摩斯呢？”

“还在里面吗？”

正说着，福尔摩斯碎步走了出来，嘴里叼着什么东西，正奋拉着。

“什么东西？”片山蹲下，从福尔摩斯嘴里拿过那东西，“项链坠。”

链子断了，浮雕的背面刻着“K·N”的首字母。

“西尾——香织？”

晴美说完，两人对视……

3

复印室旁边就是开水房，正适合说悄悄话。

推开门往里看的是唐津沙友里。

“美树。”

“啊，吓死我了！”正对着复印机站着的河野美树吓得快跳起来，“怎么了？”

“吃午饭啦。”沙友里进来，把门关上了，“你说，该怎么办呢？”

“什么怎么办……”

“那件事啊——可以说吗？”

沙友里把声音压低了。

“没事，又没做什么坏事，不用偷偷摸摸的。”

“但是……”美树叹了口气，说，“那时，要是我们不理会香织说的事情就好了。下一个被杀的可能就是我们啊。”

“那么——”沙友里一脸认真地看着河野美树，“真的是香织杀了井关课长吗？”

“还能有别的可能吗？你也听到了啊，香织她自己说的话。”

“嗯……但是，课长和香织啊。”沙友里摇了摇头，“我真不敢相信。”

“也不是没可能。我不管课长是怎么想的，他是个花花公子，你知道吧？”

“我知道，但他选择了香织？”

“萝卜青菜各有所爱，他现在已经选择不了任何人了。”

美树耸耸肩。

“那我们该怎么办？”

“中午警察约见我们三个人的时候，什么都不能说。等香织先回来，我们再把在那个催眠术师那里发生的事情告诉警察。”

“好……那么，香织会被捕吗？”

“肯定的，不然呢？”

“弓子被杀了……那就是说，弓子也是香织杀的吗？”

“这样想不是很自然的吗？”

“怎么会……我们和一个杀人狂共事？”

“怎么说呢，和课长在一起的时候她可能是正当防卫，但是弓子一案就不一样了。这很明显。”

美树正在说话，门开了。

“啊，你们俩都在这里啊。”

“香织……”沙友里挤出了笑容，“我得走了，待会儿见。”然后赶紧走出了复印室。

“她怎么了？”

香织觉得不可思议地说。

“呃——香织，中午的事情你已经听说了吧？”

“是的，不知道警察找我们什么事情——啊，我能复印一张吗？”

“拿吧。”

香织开始复印。

“弓子遇害了呢。”香织说，“这世上有坏人呢。”

“确实。”

美树点头。

“谢谢，我已经复印好了。”

“香织，原件还在复印机里呢。”

“糟了！”香织敲敲脑袋，“转个身就忘了，真烦啊。”

她正要走出去。

“你，”美树叫住了她，“香织——你和井关课长的关系很好？”

“我？”香织睁开眼睛，“不，没那回事。你怎么会这么问……课长他人很好，但我并没有更进一步的打算。”

“但你们交往过吧。”

“嗯……我们吃过两三次饭，仅仅如此。”

“是吗，那就好。”

“课长的葬礼是明天吧？你去吗？”

“可能会去。”

“我得找找黑色套装了。转个身就不知道塞到哪里去了。”

说着，香织走出了复印室……

“怎么这么慢。”

香织自言自语。

但是，香织并未显得很着急。实际上，她并没有吃午饭时狼吞虎咽的习惯。

然而，其他桌纷纷上菜，为什么自己这桌还没轮到呢？

今天午休时间警察会召集大家，可能要迟到了。

香织看着手表——她对着刚好经过的服务员说：

“你好，能催一下菜吗？”

谁知——

“我不是服务员。”

“啊……抱歉。”香织脸涨红了，“搞错了……对不起。”

“没事。”女生在桌对面坐下，“你是西尾香织吧。”

“欸？——我是。”

“我叫片山晴美。今天我哥哥会和你们聊聊。”

“您哥哥？”

“搜查一课的警察。”

“啊，那么……但我好像要迟到了。我点的午餐还没端上来呢。”

香织叹了口气。

“我看着你进来的，你还没点菜呢。”

“欸？”

香织的眼睛都睁圆了。

这时，服务员擦着汗走过来问：

“请问您要点什么？”

……

“真是烦死了。”香织摇摇头，“我总是这样。”

“没什么啊，来就餐的人也不多。”

“但是……下午一点就要上班了。”

“没关系，今天有公事嘛。”

晴美点头。

“但是，片山……是这个姓吧？您哥哥为什么召集我和沙友里她们呢？”

“为了调查杀人事件。”

“但是——难道，我们之中有人杀了弓子？”

“没准儿有呢。”

“怎么可能！”香织眼睛睁得大大的，“是谁？”

“可能——是你呢。”

晴美说。

“原来如此。”片山点点头，在记事本上做笔记，“这就是说，西尾香织在被催眠的状态下承认杀害了井关邦晴。”

“是的。”河野美树说，“我一直犹豫着要不要说出来，但弓子被杀了……没法再沉默下去了。”

“没错。”沙友里也附和，“没准儿我们也会被杀。”

这里是公司内部会议室。当然，已经十分小心地避免其他员工看见。

“但是，为什么她没来呢？”

片山看看手表。

“可能逃跑了吧。”

沙友里说。

“不可能，她没那个胆量。”美树看着沙友里说，“她看上去呆呆的，谁知道她心里在想些什么。”

片山当然知道西尾香织在安西莎乐美面前说了自己“可能”杀了井关，但这种“坦白”在法庭上并不适用。

因为安西莎乐美——安西洋子的请求，片山都没将她的话告诉课长栗原。

“总之，谢谢两位了。”片山喘了口气，“你们的话已经足够——”

走廊里传来了“咻”的一声响。片山立即起身“啪”地打开了门。

“啊，抱歉。”

高冈说。

“是你啊，什么事？”

片山问。

“没什么——我只是想过来稍微午休一会儿。这个房间最安静，能够睡得好。但我过来听到房间里面有声音，就想看看是谁……”

“高冈，一起去喝杯茶吧。”

沙友里站起身来。

“欸？但是……”

“已经没事了，对吧？警察先生。”

“差不多。”

沙友里立即拉着高冈的手腕，强行把他拉走。

“她是想拉高冈当保镖吧。”河野美树苦笑，“弓子就是在午休时间失踪的，她害怕了。”

“也有道理。”

但是，片山注意到，高冈的便鞋“一般情况下走起来”会发出“咻咻”的声音。如果他走过来，肯定能提早听见这种声音。

“警察先生，你要逮捕香织吗？”

“不，当然我已经听了你们的证言，但是在那种状态下听到的话，不能被视为证据。”

“如果我们被杀了，你们该怎么办呢？”

“放心，如果西尾香织是犯人的话，这种时候还不会杀人。”

对于片山的话，美树想了想：

“确实，一般而言，确实如此。”她说，“但是，如果香织不是普通人呢？”

“我？”

西尾香织对晴美的话大吃一惊：

“我说过那种话吗？”

“应该没错。”晴美点点头，“你的午餐要凉了。”

“啊……我给忘了。已经端上来了啊。”

她点的午餐早在十分钟前就已经端来了。

“但是——我和井关课长没有发生过那种事情。”香织一边吃一边说。

“哦——你们没有特别深入的关系？”

“当然！”西尾香织又说，“是美树问的吗？”

“河野美树？”

“嗯。井关他确实是好人，但因为人好，我就要和所有的好人谈恋爱吗？对方人好，但没有感觉，这种事情很多啊。”

“话也没错。”

“井关他……可能大家为他争风吃醋这种传闻被人为地夸大

了，我感觉大家都被煽动了。此外，人们茶余饭后很喜欢聊这种话题吧？当然，可能也有人真心喜欢他。”

“比如呢？”

“我不大清楚……弓子，我觉得只是玩玩。沙友里和美树——可能她们是认真的。”香织说，“但是——课长已经死了，也没听见谁成天以泪洗面，谁知道呢。”

晴美开始对这个叫西尾香织的女人感兴趣——她给人一种孩童般的纯真无邪的感觉。

然而，不能因此就排除她杀人的可能。有很多的人正是因为孩童般的无邪，才会去杀人。

“那位催眠术师叫什么名字来着？”

“安西莎乐美——你还记得吗？”

“当然了，我想再去找她进行一次催眠。”

西尾香织在午餐结束时说。

“为什么？想要澄清别人对你的怀疑？”

“啊，不是——我觉得自己有些嗜睡症。”

“嗜睡症？”

“我不知道有没有这样的病，我这个年龄，每天都睡十个小时以上。我担心自己有些不正常。”

“那她能帮你把睡眠时间变短吗？”

“欸？不是，不是这样的。”

“那是……”

“我希望她帮我了解这种现象并不是疾病，这样我就能安心地睡十个小时了。”

晴美吃惊地看着香织……

4

井关邦晴非常受女员工欢迎，这似乎是不争的事实。

“片山。”石津小声说，“你觉得你的葬礼上会来几位女性？”

“我怎么知道。”

“喵——”

福尔摩斯的叫声中带着嘲讽。

这是井关邦晴的葬礼。

从某种意义上来说，葬礼有些冷清。

亲属很少，夫妻离异，没有子女，手足亲人没几个在东京。

最终，葬礼由生前的工作单位忙前忙后地准备，可以看出女员工在他生前对他的照顾。

葬礼的会场定在井关生前居住的公寓附近——虽然家属很少，但不仅本公司的女员工，连女客户和井关曾经经常光顾的酒馆、酒吧等处的女性都接二连三地来吊唁。当然，大家都清一色的黑色套装，神情沮丧，但总觉得有某种说不出的华丽……

其中，香织、沙友里、美树三人彰显出了存在感，她们正坐在椅子上。

“确实……”片山走到门口，说，“只有女性前来……”

“换句话说，并没有公开‘亲密关系’的人。”晴美说，“他虽有花花公子的传闻，但意外地，可能和女性交往时保持了距离。”

“这就是说，约会时规规矩矩地坐在桌子两头？”石津说，“那样说话多不方便啊。”

——来的客人之中，有的上完香就立即回去了，有的待了一小会儿。

片山他们在门口看着来客。

“啊，片山。”

有人打招呼，片山回过身。

“欸？”

一瞬间他认不出来人——身着黑套装的沉静美女。

“搞什么，是莎乐美啊。”

晴美说。

“啊，你穿着套装，我都认错人了。”

“那下次我工作时你过来玩吧。”安西洋子微笑着说，“肯定也会说‘这是谁啊’。”

“您是来上香的吗？”

晴美问。

“是的——虽然没什么特别的交情，但总归有些在意。”安西洋子点点头，“那天来催眠的人也来了吗？”

“是的，三个人都来了。在里面坐着呢。”

“那我进去上个香，马上就走。她们肯定认不出来我。”

安西洋子进去了。

“那身打扮，是个美人啊——福尔摩斯，你去哪里？”

福尔摩斯像是追着安西洋子般地进了会场。片山等人跟在它后面。

正好井关的同事们一起来上香，队伍排得有些长。

会场里飘荡着檀香的味道。

“真呛人。”石津皱着眉，“要是‘禁烟’就好了。”

轮到安西洋子上香了。

突然间——门口的接待处发生了骚乱。

“不可以的！不可以进入！”

站在接待处的高冈的声音传来。

出什么事了？场内的人纷纷转过身。

“喂！”

高冈提高了音量，只见一个女人冲了进来：“那个冷血的负心汉在哪里？”

头发凌乱、一件大胆到能够让人窥视胸脯的印花连衣裙——这位与这个场合最不相符的女人正“哒哒哒”地往前走。

众人皆是一惊。

“哼，就知道装模作样。”女人面对装饰着黑色缎带的井关的照片，“死了活该，但以为这样就能逃过我，就大错特错了。”

女人咬牙切齿地大声说。

“这位女士。”唐津沙友里站起身，对女人说，“你分清场合！你是来砸场子的吗？”

“闭嘴。”女人一手叉腰，“哼，你也被这个混蛋勾引了吧？”

“混蛋？”

“叫他混蛋，最适合了。”女人耸肩，“只会骗女人，可耻的男人。”

“你是什么意思！”

沙友里的脸涨得通红。

“冷静！”河野美树劝住沙友里，“这位女士，你和井关先生是什么关系？”

“我们上过床。我就直截了当地说清楚吧。”女人挑衅地说，“但是，这混蛋知道搞大了我的肚子之后，就跑得无影无踪了。”

“啊？”

“我跟他没完。我受了多大的苦才把孩子打掉！我要他把欠我的还给我，这是理所当然的。”女人大声说，“账单该给谁？”

“这位女士。”说话的是——安西洋子。

“怎么了？”

女人瞪了一眼。

“你和这个人的关系是真的吗？”

“当然。”

“你叫什么名字？”

“你问这个干什么？算了，告诉你吧，太田金子。”

“金子——那么，你还记得这个吗？”安西洋子摘下自己的链坠拿在手里，在金子面前垂下给她看。

“什么？我没见过。”

“奇怪了，你既然认识井关，肯定也见过这个。”

“欸？”

“仔细看——你肯定是忘了，仔细看好了。”

链坠在微微左右摇摆。

“啊……”

沙友里似乎明白了什么，发出了声音。

“嘘！”

美树斥责了她。

“仔细看……你想起来了吗？”

女人像是被链坠吸引了一般，头随之左右晃动。

“是的……看见过……”

“是吧，你再仔细看看，肯定能想起很多事情。对吧？怎么了？想睡觉了吗？”

“困……有些困啊。”

女人自言自语。

“那么，你就去睡吧。你一定累了吧？是的，你觉得非常疲倦。”

“我好累啊……”

“累到站不直身体了——精疲力尽，很想睡觉吧？”

“好困……”

“好的，那睡吧。我数一、二、三之后，你就睡觉哦。一、二、三。”

女人当场摇摇欲坠地倒下了。

所有人都呆住了——安西洋子把链坠收好，低头说了声：

“抱歉了。谁来把她抬走，让她睡一会儿。”

高冈赶紧跑过来。

“真了不起！”

石津频频表示钦佩。

“谬赞了。”

安西洋子有些羞怯。

“但是——怎么这么轻而易举地就被催眠了呢？”

片山问。

上香结束，井关的棺柩也抬出去了。

会场里都忙着收拾，片山他们在用作休息室的房间内喝着准备好的茶水。

“那种人很容易被催眠。比较，嗯……单纯。”安西洋子说，“并且，对方一点儿心理准备都没有，所以更加轻松了。”

“单纯啊……那我哥也应该很容易被催眠了。”

“干吗提起我？”

“我也想试试。”石津说，“肯定有一大堆是关于晴美的单纯的事情。”

“如果都是关于吃的，没准儿会被晴美讨厌哦。”

片山说完，石津考虑了一下，说：

“还是算了。”

“太田金子，那个人是叫这个名字吧？”晴美说，“真的是井关的情人吗？”

“不好说，得调查一番才能下结论。”片山摇摇头，“但是，这和案件无关。”

“喵——”

福尔摩斯走到门前叫了一声。

“怎么了？”

晴美打开门，福尔摩斯立即碎步走回了会场。

已经收拾完毕的会场内散落着花，有些冷清——福尔摩斯在会场内来回走。

“怎么了？”

晴美刚说完……

福尔摩斯在叠起像小山一样的铁椅子前停下了脚步。

“那里有问题吗？”

晴美蹲下问福尔摩斯——

突然福尔摩斯唰地跳起，飞扑向晴美的脸。

“哇！”

晴美立即向后退。说时迟那时快，那堆铁椅子“哗”地一下塌了下来。

“危险！”

晴美在地上打了几个滚，几把椅子砸到了她的腰背，但并不怎么疼。

晴美抱着福尔摩斯总算坐起来了……只听见“哒哒哒”远去的脚步声。

“是谁推倒的？你向我跳过来是为了告诉我危险，对吧？哎呀哎呀，是的话你就直说嘛，吓死我了。”

“喵——”

仿佛在说，胡扯。

“但是，为什么会这么做呢？”

晴美站起身说。

“怎么了？”

有人说话。

高冈从入口处过来了。

“这些椅子——”

“啊，太过分了。好的，我现在就把它们重新叠起来。你没事吧？”

“没事，河野她们已经回来了吗？”

“刚刚打了车——她们不想一直跟着送棺的队伍，好像又回来了。”

高冈说。

“那个女人在哪儿？”

“那个女人……啊，刚才大闹葬礼的那个女人？”高冈点点头，“在这里面的房间里，有一间榻榻米房间。”

“你去看看她还在不在。”

“好。”

高冈立刻去了。晴美看着河野美树和唐津沙友里走过来，说：“西尾香织没有和你们在一起吗？”

“不知道。”沙友里耸耸肩，“我才不要和那种人待在一起呢。”

“她已经回去了吧？”美树说，“刚才真是一场闹剧啊。”

“那个怪女人，怎么回事？”

沙友里正在说话，高冈回来了。

“那个女的不见了。”

“那么，她一定是醒了。”

“是吧，觉得丢人，然后就走了吧。”高冈说完又问，“欸？西尾呢？”

“不知道。高冈，你很在意香织啊。”

被沙友里这么一捉弄，高冈的脸泛红了。

“哪有的事！如果她在，就能帮忙把这些椅子收拾好了。”

高冈开始收拾塌下来后滑到远处的椅子，片山他们过来了。

“怎么，在开椅子品评会吗？”

“哥哥……算了，不说了。刚才太田金子醒了，走了。”

“啊——这可不好办啊。”

安西洋子以手掩口。

“有什么问题吗？”

“如果完全醒来那还好办……但如果不是这样，以半睡半醒的状态走在路上是很危险的。”

“喂，石津，去找人。”片山说，“应该没走远。”

“是！”

“我也去。”

石津、晴美，还有福尔摩斯，就像听到发令枪声响一样，一齐冲了出去。

5

“不好找啊。”

晴美说。

“是的。”

石津点点头。

“我们都不知道她究竟是往左拐还是往右拐了就要没方向地找人……”

“是啊。”石津又点点头，“也不知道她是往上走了还是往下走了……”

“怎么上下穿行啊？”片山瞪了一眼石津，“坐地铁吗？”

“没法找了。”晴美叹息，“天已经暗了。”

周围已经完全是夜色。

片山他们拼命来回寻找消失了的太田金子。

“不过，也没听见救护车的声音，应该不可能被车撞了。”

片山说。

说真的，现在大家已经气喘吁吁了。

“我们撤吧。”

晴美也不打算继续找了。

加上福尔摩斯，这“四人”把车停在了葬礼会场的前面，所以现在一起往回走。

“喂，我们是从哪边过来的？”片山左顾右盼，“我不记得路了。”

“谁让你对自己认路的本事那么自信？”

嘴上虽是这么说的，但晴美一心放在找人上，也记不清从哪里、怎么过来的了。

周边全都是外观相似的公寓。

“石津，你还记得吗？”

晴美不抱希望地问。

“我吗？我一直都是跟在晴美后面走的。”

晴美觉得自己不抱希望真是太明智了……

“喵——”

福尔摩斯叫了，仿佛在说“真是受不了你们”，然后拐了弯。

“好像是那边。”石津说，“听福尔摩斯的。”

“走吧。”

现在是三个成年人（？）被一只三色猫领着走路的画面。

“不过，死了两个人，栗原也头大吧？”

“我也很头大啊。”片山强调，“并且，即便有嫌疑人，我们也没有任何可以实行逮捕的证据。”

福尔摩斯转过身来，叫了一声。

“喵。”

“她在说什么？”

“嗯……是啊，即便西尾香织‘坦白’过，但在那种状况下的坦白根本不作数。并且，杀了人还被催眠，这不合情理。”

“但我反而认为她有作案的可能。”晴美说，“至少，她看上去天真无邪，即便杀了井关，只要她自己相信不是自己的错，就能像没事人一样接受催眠。”

“但是，需要证据啊——福尔摩斯，你说对不对？”

“喵。”

“你说证据？”

“现场的指纹，一根头发……如果犯人没有太强的犯罪意识，那么现场留下什么都不稀奇。但是，现实情况是指纹被擦拭干净了，浴室现场虽然有很多血，却并没有留下任何线索。”

“久保田弓子呢？”

“午休时，河野美树叫她一起去吃饭，但久保田弓子拒绝了，说‘有约了’。”

“有可能是西尾香织约她的……但是，一般来说，如果是和同事一起出去，难道不会说‘香织约了我’吗？”

“有道理——那么，是公司外面的人吗？”

“喵——”

福尔摩斯停下脚步，片山和石津对视了一眼。

“啊，对了。”

“怎么了？”

“如果久保田弓子和‘男性’有约，不说出来也合情合理。”

“原来如此——总之，西尾香织说那天的午休时间只有她一个人在，并且没有不在场证明。”

“不过，犯人肯定想制造不在场证明吧？”

“问题是那个项链坠。”

“‘K・N’是指西尾香织吗？”

“我问她了。”

“你问她了？怎么说？”

“她说：‘啊，这是我的。’”片山摇摇头，“我和她说明了，这是在久保田弓子的尸体旁边发现的。她居然——”

“怎么回事啊？”晴美叹了口气，“如果这些都是演技的话，那她真是个可怕的人。”

“嗯……但是，她在公司里一直都是这个样子吧？不论如何，一个人不可能一直隐藏自己的本性。”

“是啊。”晴美也陷入课沉思，“石津，你怎么想？”

“没有想法……我一直都和晴美想的一样。”

“呵呵。”

片山一行终于走到了之前的街道上。

“快到了。”

晴美正说着——

正经过那栋公寓前面，从大厅里跑出一位系着围裙、踩着拖鞋的太太，迎面和片山撞上。

“哇！”

片山摔了个屁墩，撞上他的那位太太却没有跌倒——好像片山一直都是这样倒霉。

“你没事吧？”

晴美问那位手忙脚乱的太太。

“摔倒的可是我啊。”

片山抱怨了一句，但被无视了。

“啊……快帮忙！不得了了！”

“你先冷静，发生什么事情了？”

“有个女人——啊，我根本不认识的人突然闯到我家里来了……样子怪怪的，她一下子就到我家阳台上了。问她什么，她都好像没听见，像在梦游一样。”

片山和晴美对视了一眼。

“哥，莫非是——”

“嗯。您家住几层？”

“五层。”

“那个女人还在吗？好，我们去看看。”

“啊——从这里就能看见。”

“这里？”

“对——就在那里。”

这位太太抬起脸仰望这栋公寓，指了指。

片山他们也抬起头……

天色虽然暗了，但在这栋公寓的照明，还有街灯、附近的霓虹等的映照下，太田金子的身影清晰可见。

太田金子正在阳台上走着。这本身没有什么特别的，但问题是，与其说太田金子走在阳台上，不如说她走在阳台的扶手栏杆上，并且光着脚。

就像是马戏团的走钢丝表演，走着的人似乎极其平常地在散步，脸上的表情格外轻松。

“糟了。”

片山终于脱口而出。

“所以啊，不得了了。”

撞上片山的太太说。

“给你们添麻烦了。”

来到大厅的安西洋子一看到片山，便低下了头。

“没关系，先救救那个女的。”

“她现在还在上面吗？”

“在扶手栏杆上‘走着’呢。”

仅仅是嘴巴上说，片山的脚底板已经开始发麻、发痒了。

他有重度恐高症。

“但她居然不会掉下来。”

晴美实在很佩服。

“这个状态反而是安全的。”安西洋子说，“阳台的扶手栏杆也有五六厘米宽吧？在地板上贴上宽度为五厘米的胶带，人在上面走，大家都会像平常一样。所以，即便是在栏杆上，道理也是一样的。”

“一样……的吗？”

片山的脸色微微发白。

“总之，我们去五层。”

晴美催促大家坐电梯。

“找救援人员了吗？”

安西洋子问。

“消防车刚刚过来。他们在下面张开网，以防万一，如果真的掉下来了还能接住。”

“如果能想办法让她自己下来就好了。”

事发的房间在五层第一间。

“怎么样了？”片山喊石津，“喂，石津。”

“已经掉下去了吗？”

“你闭上眼睛干什么啊？”

“很危险啊，”安西洋子走进屋子，从客厅到阳台扫视了一圈后说，“那样的话，真的有可能掉下去。”

“把她叫醒呢？”

晴美说。

“不行！如果在那里醒来，肯定会昏厥后掉下去。”

“真难办啊。”

片山摇摇头。

“其实——如果有人和她一起站到扶手栏杆上就可以了。”

片山吓得眼睛都睁圆了：

“啊——站到扶手栏杆上去？”

“是的，牵着她，然后一起跳到阳台里面……站在下面喊她，她只会觉得是很远很远的声音。”

“但是——”

片山刚想说话，却发不出声音。他看向石津。

“啊，那个——以我的体重，我担心扶手栏杆可能会被压塌……”

石津赶紧说。

“哪能这么容易就坏？”片山拍拍石津的肩膀，“喂，就指望你了。”

“但是……我不忍心让晴美难过。”

“我为什么会难过？”

被晴美这么一怼，石津无话可说了。

“好吧。”石津一脸悲壮，“如果我死了——可以变成鬼出来吗？”

“我会做寿喜烧等你。”

晴美的话让石津感到些许欣慰……

阳台的扶手栏杆上，太田金子依旧神色轻松：

“啊，天气真好啊……这个时候出来散步，感觉真好啊。”

她嘴里一边碎碎念叨，一边轻轻地迈着步子走来走去。

“真是服了，太厉害了。”

片山叹了口气。

“她比较容易被催眠。”

安西抱歉地说。

“喂，石津。”

“把鞋脱了，那样不容易打滑。”

“嗯——要加油哦。”

带着几分严肃的神情和片山他们握了手，石津慢慢地走向阳台。

“消防车来了。”晴美往下看，“已经让消防车不要鸣警笛了。楼下已经部署好了，上去吧。”

“哦。”石津提心吊胆地往下看，“算了，我上去了。”

石津似乎终于下定了决心。他跨上了栏杆，然后一只脚搭上去，慢慢站起身。

他身体一晃，晴美不由得“哇”地叫了出声。

“嘘！”片山立刻蒙住晴美的嘴，“你把她吓醒了怎么办？”

石津终于在扶手栏杆上站起来了。虽然还在努力地保持平衡，但总算是在往前走。

“石津！放松。”

片山作为旁观者倒是轻松。

“别说废话。”

石津皱眉。

太田金子突然像是听到了什么声音。

“鸟在叫呢，真好。人还是在大自然里最舒服啊。”她说的话非常悠闲，“啊……”

她好像注意到了石津。

“你、你好，”石津总算发出了声音，“天气真好啊。”

“就是！为什么大家不出来呢？”

“是……是啊。”

“您在干什么？”

“哈……这个——我的肚子饿了。”

石津根本来不及想其他的。

“他就不能说点儿别的吗？”片山嘟囔着，“喂，赶紧把她带下来啊。”

“注意是阳台‘里面’哦。”

以防万一，晴美补充了一句。

“你真搞笑。”太田金子笑了，“不过，经你这么一说，我的肚子也有点儿饿了。”

“是……是吗？”石津脸上浮现出僵硬的笑容，“那……吃什么好呢？关东煮、咖喱还是拉面、饺子呢？”

“你不会说牛排吗？”

晴美说。

“那么，一起吃个饭吧。”太田金子心情愉悦地说，“那边有家看起来不错的店——”

她指向了阳台“外侧”。

“啊，但是——我知道一个很不错的店。”石津赶紧说，“这边，你闻到了吗？很香呢。”

“真的吗？我一点儿都没注意到呢。”

“啊，我的鼻子很特别，跟猫一样……哈哈哈！”

片山他们屏住呼吸，紧紧盯着两人。

“好吧，那就去这边。”

“喵——”

福尔摩斯也在鼓励加油。

“那么，走吧。”

太田金子伸出手。

石津心惊胆战地握住她的手。

“那，往这边走——”

说完，两人往阳台里面——

那时，正好有一辆车经过公寓前面，引擎发出了“嘭！”的回火声，太田金子突然惊醒了。

“好险。”

安西洋子说。

“这里……是哪里？”睁开眼睛，太田金子看着石津，“你干什么啊，离我远点儿！”

她把手甩开的一瞬间，两人的身体歪了。

“哇！”

石津抱住太田金子——落到了阳台里面。

“好痛！”

“痛！”

两人连声叫唤。

“太好了！”

“石津！”

从阳台的扶手栏杆上掉下来，当然很痛，但比起掉到“外侧”……

终于站起来的石津说：“晴美……”

他冒出了汗。

“干得漂亮！帮大忙了。”

“啊……刚才，一瞬间，我的眼前——浮现了你的脸——”

“我的脸？”

“嗯，和汉堡包一起浮现的……”

石津的语气像是在做梦……

6

哗啦哗啦的喷水声从耳边流过。

今天很暖和，是个好天气——本来西尾香织并不在意天气。

午休早就结束了，下午的工作已经开始了。像这样坐在公园的椅子上是不行的——是的，我在上班啊。好好工作，好好挣钱。

必须回公司了。然后，必须像往常一样工作。

但是……站不起身来。

回到公司就能工作了吗？不，可能都没有自己的位置了吧。

“我们可不需要一个杀人犯。”

上司可能会这么说。

西尾香织——“杀人犯”。

真的吗？我真的杀了人吗？

要说自己不知情，这确实有些过分。但实际上，沙友里和美树都不再理自己。当然，其他人也一样。

工作上的事情，嘴上交代一声就行，却偏偏特地把便笺纸放在自己面前然后走掉。大家都做到这个份上了，即便是自认“迟钝”的香织也知道自己在公司里多么被排斥。

这样下去的话……是没法在公司里待下去的。

“很悠闲嘛。”

连自己都佩服自己了，香织自言自语了一句。因为——比起被公司解雇，她可能会以嫌疑犯的身份被逮捕。

但是，井关课长和弓子……为什么非得是“自己”杀的呢？

“啊……好想死啊。”

她看着脚下，目光停留在一朵透过水泥缝隙露出来的小花上。

是啊——我原本就想这样，不引起任何人的注意，静静地生活下去的啊。

“欸？你居然在这里啊？”

就像这样，安静到让人吓一跳，这样就可以了。

但是，这样的我，以“杀人犯”的身份被捕，太引人注意了。真是讽刺。

这么想着——脚下不知何时来了一只三色猫，蹲坐着。香织完全没注意到它是什么时候过来的。

“你好呀。”香织向它微笑，“你在干什么呀？从哪里来的呀？”

当然猫不会回答，但至少猫不会以看“杀人犯”的眼光看自己……

“喵。”

这只三色猫温柔地叫了一声，然后站起身来，碎步走开了。

然后，它回过身来，像是在说“过来啊”一样，看着香织。

“怎么了？有什么好东西吗？”

香织想，即便回了公司也没什么正事，于是决定跟上猫。

有个池子——喷泉流出来的水形成（当然是人工的）小河，流经公园，在小河的其中一段，建了个小池子。

“有很多人往里面丢钱币。”

这可能是仿照外国的某个池子，数十枚硬币在清澈的池底闪耀着光。

三色猫把前肢搭在池边，脑袋使劲向前伸，往水面下看。

“你能看见什么？”

香织也跟着往下看……

女人——有个女人在看自己。和香织一模一样……当然，那是香织在水里的倒影，但有那么一瞬间，她还以为是个陌生女人在看着自己，吓了一跳。

但是，仔细看，这个女人和“自己”有几分不同。她正陷入深深的忧郁之中，与平日里迷迷糊糊的香织判若两人，满脸愁容，可以说是“美丽”的。

香织一直都为自己的孩子气而惭愧，但现在——现在的自己竟然是这副样子吗?

那无疑是一个成熟的女人，正牢牢地盯着自己，紧闭的双唇在说：“你已经可以独自前行了。”

我……不再是孩子了。

她试着对自己说：

“我不再是孩子了。”

香织站起身来，挺直脊背，环视左右——虽然周围的人很少，但即便有几百人一齐看向香织，她也感觉自己有回视的力气。

当自己意识到时——三色猫已经不见了踪影。

“请问有什么事情？”感觉到有人进了房间，安西莎乐美说着抬起头，“啊。”

“你好。”

西尾香织低头致意。

“啊……你来了。”

安西莎乐美让西尾香织在椅子上坐下。

“我……之前也是坐在这把椅子上吗？”

“是的。”安西莎乐美点点头，“感觉已经是很久以前的事情了。”

“是啊。”

“那么——今天有什么事情？”

安西莎乐美说完，把头上卷着的头巾正了正。

“我有一事相求，”香织说，“请再对我催眠一次。”

“再来一次？”安西莎乐美睁开眼睛，“为什么呢？”

“请你问上次一样的问题。我想再现一次我杀井关课长的场面。”

香织坚定地说。

“为什么呢？”

“我自己也想确认，自己干了些什么——想不起来自己做过的事情，这很可怕。”

“我了解你的心情……”安西莎乐美说，“但是，不论你在这里说了什么，都不能作数。”

“我知道。但是，因为之前的话，我现在在公司里被当成杀人犯。”

“这……”

“我并不想怪你。”香织摇摇头，“即便你保持沉默，沙友里、美树也会到处说的。”

“那么……真的要再来一次吗？”

“当然。”

香织立即回答。

“好。”安西莎乐美点点头，“为了防止其他客人进来，我挂上‘外出’的牌子，请稍等。”

安西莎乐美出去了，立即又回来了。然后像上次一样作准备。

“那么……请仔细看着这个光点——请让目光紧紧地跟随着光点移动。”

香织一心一意地按照指示看着光点——不出五分钟，香织似乎已经进入了催眠状态。

“听好了。”安西莎乐美静静地说，“听得见吗？”

香织点点头。安西莎乐美轻轻地呼吸：

“你杀了井关邦晴——你知道吗？”

“我……把井关课长……”

“杀了。你杀了他。你知道吗？你杀了他——没错，你想一想。井关想非礼你，你在反抗中杀了他。这是事实。”

“我……杀了……”

香织说。

“是的，你就是犯人——有罪必偿，对不对？”

“有罪必偿。”

“是的——你听好了，我数三声然后拍手，你走出去，走到街上。如果汽车来了，你就冲到它前面。”

“它前面……”

“没错，这样就赎罪了。你也会轻松的。”

“轻松。”

“你想放下包袱吧？”

“是的……”

“那么……”

安西莎乐美“一、二、三”，然后啪地拍手——香织的眼皮静静地睁开了。

“那么……去吧。”

安西莎乐美说完，香织站起身来，静静地走出房间。

安西莎乐美深深地吸了口气，取出香烟，点上火，手指在微微颤抖。

有人进来了。

“结束了吗？”

高冈说。

“我试过了。”安西洋子说，“撞车自杀——我不知道她会不会真的按我说的去做。”

“谢谢。”

高冈把手放在安西洋子肩上。

“不用谢。”她摇摇头，“这工作我不干了。”

“为什么？明明能够挣很多钱。”

“因为我做了不能做的事情。”安西洋子站起身来，慢慢地来回踱步，“催眠术是不允许被这样使用的！”

“说得好听，你这样在社会上怎么混？可以用来挣的钱做别的生意啊。再加把油，等我们挣多点儿钱。”

安西洋子歪着嘴角笑了：

“结果你还是看上我挣的钱了。”

“胡说。”

高冈走到安西洋子身边，从身后抱住她亲吻她的颈项。

“别这样——还在工作呢。”

“不想我们两个人一起快快乐乐地生活吗？没有钱，这就只是梦。”

高冈在她耳边私语。

“如果你没有杀她的话……”

“别说了，已经过去了。”

安西洋子低下了头。

“我不会再帮你了……”

“我不会再拜托你帮忙了。对了，一切交给时间，这些事情都会被忘记的。”

高冈紧紧地抱着安西洋子，她也没有反抗。

“喵——”

是猫的叫声。安西洋子吓得屏住了呼吸。

“那只猫！”

福尔摩斯蹲坐在入口处。

“什么啊，被一只猫吓成这样。”

“那只猫——是警察的猫。”

“什么？”

福尔摩斯身后，西尾香织走了进来——白皙的脸颊上有伤痕，血从血管里流出来。

“香织。”

“我醒了。就在我撞车之前，这只猫死死地挠我。”香织静静地说，“我想起来了，我根本没有杀井关。”

“没错。”

片山进来了。

“警察先生……”

“你之前对西尾香织进行过一次催眠，是为了向她植入杀害井关的记忆。”

“你唤醒了这段记忆，让她在其他三人面前说出来。”

说话的是另一个走进来的人，晴美。

“那个链坠，你特地放到久保田弓子的尸体旁边，这个做得有点儿过了。”片山对高冈说，“链坠是最初对西尾香织进行催眠时使用的。”

“我——”

高冈想要说什么，却又打住了。

“你和久保田弓子也发生关系了吗？因此你杀死了井关，还是说——”

“高冈和井关把香织灌醉，准备轮番享乐。”

安西洋子说。

“喂，洋子——”

“香织醉倒了之后，两人把她抬到宾馆。但两人因为谁先谁后而起了纷争——井关生气了，说‘我是课长’，然后两人就真的吵起来了。”

“真无耻。”

晴美说。

“于是，这个人怒上心头，就把井关杀了。之后他害怕了，就来找我……他原本就和我发生过关系。”

“然后你就去了宾馆？”

“我知道香织是容易被暗示的人，于是让她相信是自己杀了井关。第二天她会再来我这里，也是因为我对她进行了暗示。”

“把罪名转嫁给别人是不对的，你居然还做了两次。”

“我——什么都不知道！”高冈大叫，“我什么都没干！真的。”

“你放弃吧。”安西洋子说，“我等着你从牢里出来。”

“不要！”

高冈往外冲，从片山的身边穿过去朝外——

“嘭”的一声，同时，高冈回来了，倒在地上。

“撞得真准。”

石津边摆手边说。

“香织，对不起。”

安西洋子低下头。

“走吧，喂，石津，把那家伙扛起来。”

“遵命！”

石津把高冈的身体扛起来。

“归根到底，还是因为我太容易被心理暗示操纵。”

香织说。

“但这并不是你的错。”晴美说，“我是看到太田金子才想起来的。如果能把人操纵到那种地步，那就能给人植入记忆。”

“多亏了你，”香织低下头，“救了我一命。”

“感谢的话，去对福尔摩斯说吧，它也把你挠得够惨了。”

“不过，这是一个好的回忆……”香织蹲下身，把脸凑近福尔摩斯说，“谢谢你，福尔摩斯。”

“喵——”

福尔摩斯叫了一声，舔着香织脸上的伤痕……